若さま同心　徳川竜之助【二】

風鳴の剣

風野真知雄

JN054580

双葉文庫

目次

風鳴《ふうめい》の剣

若さま同心　徳川竜之助

序　章　お人よしの刺客

三人は長い旅を終えて、いま、品川《しながわ》の大木戸をくぐった。

大木戸の上にはちょうど三羽のゆりかもめがとまっていて、三人の到着を祝うようにぱたぱたと翼をはためかせた。

「これで旅は終わりか。惜《お》しいのう」

と、熊が顔をしかめて、本当に残念そうに言った。

熊とはむろん綽名《あだな》である。本名は、榎本敬三郎《えのもとけいざぶろう》という。

綽名が顔かたちに由来するのは一目でわかる。濃い髭《ひげ》。ずんぐりむっくりした体型。ほかの動物には喩《たと》えようがない。もしも猪にでも喩えようものなら、猪は自分を見失って蝦夷《えぞ》あたりにまで暴走するだろう。ただ、怖ろしさは感じさせない。身体と比べてやたらと頭が大きいので、会う人はなんとなく愉快な気持ちになってしまう。

「いやはやまったく楽しい旅だった。弥次喜多《やじきた》道中だって、これほど楽しくはなかったんじゃないか」

と、桂馬《けいま》がうなずいた。

桂馬も綽名である。それは剣技に由来するらしいが、確かめた者はあまりいない。古い綽名が定着してしまった。

本名は、岡田花之助《おかだはなのすけ》である。その桂馬は、

「藩邸の用などすっぽかして、このままみちのくの旅に行ってしまおうか」

大真面目な顔でそう言った。

「それ、いい案よね。どうせあの人の用だもの、ろくな用ではないのよ」

と、うどんも賛成した。

うどんは女である。本名を木島和香《きじまわか》という。

背がずいぶんと低く、しかも体型は熊に負けずずんぐりしている。色が白くて、実際は筋肉が発達しているが見た目はぷよぷよしている。それが綽名の由来だというが、本当は「うどんの玉がふやけたような」だったらしい。さすがに当人に向かって「玉がふやけた」とは言えなかったのだろう。

熊と、桂馬と、うどん。

三人はほぼ同年代である。桂馬だけが三十になったが、熊とうどんは二十八。しかも、もう十五年以上に及ぶ好誼《こうぎ》をたもってきた。

三人は、九月（旧暦）の初旬に肥後熊本《ひごくまもと》を出て、山陽道《さんようどう》から東海道《とうかいどう》をちょうどふた月かけて江戸までやって来た。この半分以下で来ることもできたが、ゆっくり物見遊山《ゆさん》をしながら旅をしてきた。

天気にも恵まれた。秋から冬にかけての旅だったが、ほとんどが晴れつづきで、川留めなどには一度もぶつからなかった。

楽しいできごとは数え切れないくらいある。

九州を出る手前の巌流島《がんりゅうじま》で、武蔵《むさし》と小次郎《こじろう》の決闘の真似をしていたら、見物人が集まってきて大騒ぎになった。

安芸《あき》の宮島《みやじま》では、猿の大群に荷物を奪われて、取り返すのが大変だった。

大坂では、しわいことで知られる大坂商人を相手に誰がいちばん値切ることができるかを競い合って遊んだ。

京都では、先斗町《ぽんとちょう》の料亭で土佐勤皇党《とさきんのうとう》を名乗って、本物の土佐勤皇党に追いかけられた。

三島《みしま》では、きれいな水だと喜んで飲んでいたら、上からふんどしが流れてきた。

「戯作《げさく》にしたいな、この旅は」

と、桂馬が言った。桂馬は筆が立つ。道々、日記をつけながら来たので、細かいことも忘れる心配はない。

「それはいいね。わたしが絵を描いてあげる」

うどんがぽんと手を打った。

「あ、駄目だ。それで売れなくなった」

「なんだよ、桂馬、ひどいじゃないか」

「あっはっはっは」

三人は大木戸のところに立ち止まって笑い転げた。

「よし、熊、このまま江戸を突っ切ろう」

「そうしようよ、熊」

「わしも逃げるのは大賛成だ。だが、どうもそうはいかないらしい」

と、熊が前方に顎《あご》を突き出した。

半町ほど先に、こちらを睨《にら》むようにして立ち尽くしている男がいた。長旅で垢《あか》じみた三人とは、着ているものがちがう。派手な色が入った羽織を着て、着物の生地も艶々《つやつや》と光っている。

「あ、小佐野金蔵《おさのきんぞう》」

うどんが小さな目を丸くした。

「げっ。お迎えかよ」

桂馬が露骨に嫌な顔をして、

「よう、熊。あいつ、毎日、ここに迎えに来ていたのかな?」

と、訊《き》いた。

「いくらなんでも、そんな暇はあるまい。箱根を越えてから、ときどき見張られているような気がしたのは、あいつが誰かに見張らせていたんだろう」

「いやねえ、そういうの」

「鬱陶《うっとう》しい男だなあ」

「あんな陰険な顔つきの人は、剣術遣いの風上にも置けないわね」

うどんは、そう言ってそっぽを向いた。

「江戸でやっていけるというのは、ああいうやつなのさ。わしらのようなお人よしは、田舎で剣の修行に明け暮れているのがちょうどなのだ」

熊が笑顔で言った。

「藩邸の用人の信頼は厚いと聞いたことがあるよ」

と、うどんが言うと、

「なあに、信頼が厚いというのは、いいように使われるということさ。そんなことでいい気になっていたら、こっちが損をする。新陰流《しんかげりゅう》の剣を学べば、そうした機微までわかるようになるのだが、ならないあいつはよっぽどの馬鹿だな」

桂馬は呆《あき》れたように腕組みをした。

この三人にすっかり嫌われているらしい前方の男――小佐野金蔵は、悪口を言われているのがわかったのか、にこりともせずにこちらにやって来て、

「上屋敷には入らず、このまま中屋敷のほうに参るぞ」

と、吐き捨てるように言った。上屋敷はお城のすぐそば、和田倉《わだくら》門外にあるが、すぐ先を左に曲がり、坂道を登っていけば中屋敷がある。

「おいおい、お疲れだったなくらいは言えぬのかよ。旅は楽しかったかとか」

熊が暢気《のんき》な調子でそう言うと、

「それどころではない。だいたい、きさまらどういうつもりだ。熊本から江戸までふた月もかかるような旅があるか」

と、三人を睨みつけた。

「そんなに急げとか言われたか、桂馬、うどん？」

「いや、別に」

「ないない」

「そんなんじゃ、うまくいく仕事もうまくいかねえぞ、小佐野さんよ」

熊のからかいを無視して、小佐野金蔵はどんどん坂道を上っていく。

「あらあら、しかとするんだ」

「悪いやつほど気取ってるのさ」

三人は声を出さずに笑った。

この坂は伊皿子坂《いさらござか》といい、右にゆるく曲がったあたりから潮見坂《しおみ》と名を変える。その名のとおり、振り返ると、江戸湾が一望に見渡せる。今日は青空よりも雲のかかったところのほうが多いくらいだが、それでも江戸の海は青々と静かに広がっている。波は押し寄せるというより、遠慮がちに白く漂っているように見えた。

「いい景色だのう」

と、熊は振り向いて言った。

「江戸は、人は悪いが、景色はいいなあ」

と、桂馬はすこし皮肉っぽい。

うどんは何も言わず、大きく深呼吸した。

「よう、小佐野。用件はなんだよ。早く言えよ」

熊が小佐野の背に声をかけると、

「こんな道すがらに言えるか。藩邸に入ってからだ」

振り向きもせずに言った。

「誰も聞いてはおるまい。聞かれていても、わしらは気配でわかるぞ」

と、桂馬がからかうように言った。

「……」

小佐野はむっとして答えない。

肩を怒らせたまま、黙って歩いていく。意地でも言わないという構えらしい。

行く手になまこ塀に囲まれた広大な屋敷が見えてきた。肥後熊本藩の中屋敷である。およそ二万五千坪ある。

塀の上からは高波のように樹木の枝葉がはみ出してきているが、半分は枯れ枝である。常緑樹の緑もすすけたように鈍い。

冬枯れの木々を揺さぶりながら、乾いた風が吹いている。

熊が上を仰ぎ見ながら、

「江戸では風がよく鳴るのう」

そう言うと、

「ほんとだ。ひゅうひゅう、ひゅうひゅう泣いているみたいに」

「地形のせいかしらね」

桂馬とうどんもうなずいた。

すると、小佐野が立ち止まり、苛々《いらいら》した顔で言った。

「風の音がどうのと、おぬしらどうでもいいことをぺらぺらと」

「どうでもよくはないぞ。風の音に耳を澄まし、日の照るのを喜び、雲の行き来にも心をやる。人として大事なことよ」

「そうだ」

「そうよ」

「ううう……」

小佐野は低く呻《うめ》き、ふいに刀に手をかけると、さっと抜いた。刃は一瞬、白い光を放ち、すぐに鞘《さや》におさまった。

「ほう」

熊が感心した。

「見事」

「お見事」

桂馬とうどんもつづけた。

塀の上から突き出た松の枝にぶら下がっていた小さな蓑虫《みのむし》が、一刀のもとに両断されていた。

「徳川竜之助《とくがわりゅうのすけ》を斬れ」

中屋敷の奥の間に入った小佐野は、座るとすぐに言った。

「その剣こそ新陰流の真髄であり、正統であるという声も囁《ささや》かれているのだ。だが、新陰流の真髄であり、正統であるのは、われらが肥後新陰流。その信念が正しいものであることを証明するため、徳川竜之助を斬ってもらう」

剣聖上泉伊勢守《かみいずみいせのかみ》が完成させた新陰流は、肥後熊本の細川《ほそかわ》藩にも伝わっていた。肥後新陰流である。

これは上泉伊勢守の弟子、疋田景兼《ひきたかげとも》が、細川家に伝えた。

徳川家康がこの疋田の剣を好まず、将軍家指南役として同じ系統でも柳生《やぎゅう》の剣を選んだこともあり、肥後新陰流の剣士たちは、柳生の剣を憎むこと甚《はなは》だしかった。

その後、ご多分に洩《も》れず、いくつかの系譜にわかれたが、いまだ肥後熊本藩では宮本武蔵の二天一流《にてんいちりゅう》と並んで新陰流を学ぶ藩士は多かった。

「だが、小佐野、それほどむきになることなのか。徳川家の内部だけで細々と命脈を保った剣が、新陰流の真髄とは限るまい」

と、熊が言った。

「いや。これはかなり確かな話なのだ。現に、尾張《おわり》や肥前《ひぜん》、さらには柳生の里までが動き出しているらしい」

「ほほう、それは……」

三人はようやく顔を引き締めた。

「それで試合ではなく、斬れというのか」

と、熊が訊いた。

「斬らなくてどうする」

「どうも、世情が反映した物言いだな」

桂馬がつぶやいた。世はいまや勤皇と攘夷《じょうい》が叫ばれ、とくに上方では徳川の肩を持つ者は佐幕《さばく》と呼ばれて、勤皇派からつけ狙われる始末なのだ。

「竜之助どのも徳川家の御曹司《おんぞうし》なのだな？」

と、熊が訊いた。

「御三卿《ごさんきょう》の田安《たやす》家のな」

「おいおい、江戸城に討ち入れってかい？」

桂馬は笑いながら憮然《ぶぜん》とした。

「その必要はない。その剣を伝えられたのはとんだ馬鹿者でな。田安家の御曹司のくせに八丁堀《はっちょうぼり》の同心をしているのだ」

「八丁堀の同心？　なんだ、それは」

熊は首をかしげ、桂馬とうどんを見た。見られた二人も首を横に振る。

「そのほうたち、そんなことも知らぬのか？」

「江戸は十五のときにひと月来ただけだもの。それもほとんどお濠《ほり》の中の上屋敷に詰めていた」

「わしは江戸なんてはじめてだ」

「わたしも」

「八丁堀の同心といえば、町奉行所の同心だ。奉行所の与力や同心のほとんどは八丁堀に住んでいるのだ。与力ならまだしも、同心なんぞは給金が安く、町人たちからは陰で木っ端《こっぱ》役人と馬鹿にされている」

「安いってどれくらい？」

「三十俵二人扶持《ぶち》だ」

「それは安い」

「桂馬だってもうすこしもらってる」

「自慢じゃないが、四十俵だ」

「それに田安家の御曹司がなったのか？」

「洒落《しゃれ》か冗談《じょうだん》でしょ」

「だから、馬鹿なのだと言ってるだろう」

「いや、それは馬鹿ではなく、逆に大物なのではないか」

と、熊は感心した。

「わしもそう思う」

桂馬は大きくうなずき、

「なんか、面白そう。その男」

うどんは顔を輝かせた。

「おぬしらなぁ」

小佐野は心底嫌な顔をした。

「おぬしたちがお気楽なのは相変わらずだが、腕のほうは大丈夫なのか。師匠はおぬしたちしかおらぬと保証してくれたが、そのじつ、田舎で朽《く》ち果てようとしてたんじゃなかろうな」

「腕だと」

「大丈夫かだと」

「朽ち果てるだって」

三人は愉快そうに笑った。

すると、唄のない踊りのような、奇妙な光景が現出した。

三人は座ったままである。ただ、手だけが目にも止まらぬ速さで動き出したのだ。

「き、きさまら……」

小佐野はぴくりとも動けない。

三人が刀を握っているらしいのは、刃が宙できらきらと光ることからわかる。

だが、刀を振っているようには見えない。あまりにも軽々とした手つきなので、なにか軽くて細い糸のようなものを振り回しているみたいなのだ。

よく見ると、真ん中にいた小佐野の羽織と着物が、ちょうど紅葉しきった木が強い風に吹かれたときのように、細かな布切れとなって飛び交いはじめたではないか。

「ううう……」

小佐野はまだ動けない。三人の刃が羽織や着物を切り刻んでいく。三人はずっと座ったまま、表情ものんきそうなのに。

それはまことに異様な光景だった……。

第一章　湯屋の恋人

一

「うう……」

握ったこぶしに力を込め、背を丸めてから、熱い湯に息をつめながらぐっと入る。腹の真ん中あたりまで入って、やはりこれは熱くて駄目だと出ようとしたが、湯船の隅で年寄りが平気な顔で入っているのを見て、我慢していっきに首まで入り込む。

「むふっ」

最初は痛いほどだったが、全身を湯につけてすぐ、ふわぁっと血の道が隅々まで広がるのがわかる。

ここで、ようやくいい気持ちになるのだ。

「こたえられねえなあ」

南町奉行所の見習い同心、徳川竜之助——いや、同心としての名で言えば福川《ふくがわ》竜之助は、思わず声に出して言った。これぞ市井の暮らしの醍醐味《だいごみ》だと思うのだ。北の丸の屋敷にいるときは、朝っぱらから熱い湯につかるなどという贅沢《ぜいたく》はできなかった。

ふた月ほど前、竜之助は念願かなって、部屋住みの身分から町奉行所の同心になることができた。もちろん、本当の身分は隠したままである。これは奉行である小栗豊後守忠順《おぐりぶんごのかみただまさ》のはからいがあってのことだろうと、竜之助も感謝している。

竜之助は、御三卿のひとつ田安徳川家の十一男である。ただし、母親の身分があまりにも低かったため、いるようないないような、いつ塗りつぶされてもおかしくない誤字のような存在にされていた。それならば、勝手気ままにどこへなりと行けと、放擲《ほうてき》してくれたらいいのに、そこは逆に世間から隔絶させようとする。要は死んでいるように生きていろというのである。わが身を持て余した竜之助を救ったのが、剣の修練と、同心の暮らしへの憧れだった。

いまやその夢がかなったのだから、こんなに幸せなことはない。

「三千世界のからすを殺し、ぬしと朝寝がしてみたいってか」

思わず都々逸《どどいつ》なんぞが出てしまう。

「よっ、いい喉だね」

「同心さまには惜しいな」

このところ顔なじみになってきた近所の連中にからかわれる。

「向こうのだみ声とは大違いだ」

と、大工の棟梁をしている男が、隣りの女湯を指差して言った。

なるほど、女湯から、聞き覚えのある声がしている。

鞭声《べんせい》粛々《しゅくしゅく》　夜、河を渡るぅぅ
暁に見る　千兵の大牙を擁すぅぅ
この声に、近くの煮売り屋の爺《じい》さんがつい、

「湯屋で詩吟もねえもんだ。おっと」

言ってしまって、あわてて竜之助の顔をうかがった。同じ奉行所の人間である。叱られるかもしれない。

だが、竜之助は、

「いいんだ、おいらも同感だよ」

と、茶目っけのある笑顔を見せた。

八丁堀の与力や同心たちは、朝湯のとき女湯のほうに入ることが多い。女が湯に来るのが遅いので、特権的に空《す》いているほうに入るのだ。

だから、女湯にも刀掛けがあり、これは八丁堀七不思議のひとつに数えられた。

だが、竜之助はいつも男湯のほうに入る。

遺恨十年　一剣を磨くぅぅ
流星光底　長蛇を逸すぅぅ

唸《うな》っているのは、与力の高田九右衛門《たかだきゅうえもん》である。

この御仁、同心のあいだでの評判は、はなはだよろしくない。同心を締め上げるのが生きがいではないかとうわさされている。竜之助の直接の上司で、同心の中でもかなり勢いがいい矢崎三五郎《やざきさんごろう》も、高田九右衛門を見るとまるで魚屋を見かけた魚のようにすばやく逃げるくらいである。

とにかく高田九右衛門という男は、南町奉行所におよそ百人ほどいる同心について、性格、特技、過去の手柄から家庭の事情にいたるまでを調べ上げ、帳面に細かい字でべったりと書きつけたものをいつも懐に入れている。陰では「高田の閻魔帳《えんまちょう》」と呼んでいる者もいるという。

これで、仕事の適性や、相方同士の相性などを判断しているらしい。

「なんであの人に、家庭の事情まで探られなければならないのだ」

と、不満の声も多いが、効果は上がっている。乱れがちの同心たちの素行がよくなり、下手人を検挙する割合も高くなっているという。だから、奉行はともかく筆頭与力の松山平五郎《まつやまへいごろう》などは、高田をしばしばほめるらしい。そのくせ、当人は隠しごとが多く、高田の家庭にはいろいろ事情があるといううわさもある。

「さて、出るか」

竜之助はざばっとお湯をはじきながら立ち上がった。隣りの老人が、痩《や》せているように見えた竜之助の身体が、胸や腕にみっちりと筋肉をつけているのに驚いて、目を見開いた。

朝湯は身体を磨きあげたりはしない。気分がすっきりすればいい。カラスの行水《ぎょうずい》というやつである。

寒風も、ぬくまった身体に一瞬は気持ちがいい。

「よし、行くぞ」

自らに気合を入れ、肩で風を切るように外に出た。ところが、湯屋を出たところで、高田九右衛門と鉢合わせしてしまった。

「おう、福川」

高田の細い目が、笑いながら光を帯びる。自分が獲れたてのまぐろにでもなって、これから値をつけられるような気になってしまう。

「これは、高田さま」

竜之助は硬い顔になって頭を下げた。

「おぬしはなんで、女湯に入らないのだ？」

「わたしごとき、偉そうではないかと」

「あん？」

高田は返事の意味が理解できないというような顔をした。

「それに、女だって、気持ちのいいさら湯に入りたいでしょうから」

八丁堀の女たちは朝湯に入らないのではなく、与力や同心が先に入ってしまうから、入りにくいのかもしれない。それだったら、女たちがかわいそうではないか。

「おぬし、うわさどおり、変な野郎だのう」

と、高田は上から下まで竜之助をじろじろと見た。

「変なのでしょうか？」

そんなうわさがあるらしいとは竜之助も聞いている。どこが変なのか自分ではよくわからないが、しかし、人間なんてちっとくらい変でも別にかまわないだろうとも思っている。

「だが、福川は、お奉行の覚えがいいらしいな」

「そんなことはありませんよ」

「ふん。見習いだろ。そのまま定町廻りにはなれねえぞ。一度、わしのところに来たらどうだ。びしびし鍛えてやるから」

「あ、はい」

「返事にあはいらんぞ」

「ええ……」

「そういえば、おぬしの家柄について、よくわからないところがあったのだ」

と、高田は懐から帳面を取り出した。これが同心たちに恐れられている「高田の閻魔帳」だろう。家柄がよくわからないのは当たり前である。お奉行が無理やりでっちあげてくれた家柄なのだから。

早く立ち去ってくれないかと思っているところに、

「福川さま。大変です」

と、岡っ引きの文治《ぶんじ》が駆けつけてきた。

文治は、竜之助の上司である矢崎三五郎から手札をもらった岡っ引きだが、このところは竜之助といっしょにいることが多くなっている。

「よう、文治。どうしたい？」

「すぐそこの南茅場町《みなみかやばちょう》の湯屋で殺しです」

「殺しだって」

一大事である。

竜之助は腰の十手をくるくると回し、さっと前に差した。このところひそかに稽古していた技である。

駆け出そうとしてすぐ、立ち止まって、

「あれ。高田さまは？」

と、訊《き》いた。いっしょに来る気配がなかったからだ。

「いいから、行け」

高田は顎をしゃくった。

与力が現場に来てはいけないという法はない。だが、高田は評判どおりに奉行所の内側にこそ興味はあるが、外にはないらしかった。

南茅場町というのは、ほとんど八丁堀と言っていい。一帯を囲む堀の内側で、与力、同心の役宅が立ち並ぶあたりのすぐ北側の一角を占める町人地である。

日本橋川《にほんばしがわ》に面したところを茅場河岸《がし》といい、この前には上方からの下りものを扱う鴻池屋《こうのいけや》や小西屋《こにしや》といった大店《おおだな》も軒を並べた。

その湯屋は、南茅場町の西端、対岸の小網町《こあみちょう》へと船が往復する鎧《よろい》ノ渡《わた》しの近くにあった。

出入り口には、弓と矢を描いた看板が下がっている。弓射る（湯に入る）の洒落である。近ごろはこの看板を使う湯屋が少なくなったが、それでもこの洒落は江戸っ子なら誰でも知っている。

のれんには、〈かめの湯〉とあった。

下駄箱のあたりは人でいっぱいである。野次馬だけではない。奉行所の同心や小者、岡っ引きなども多い。なにせ地元の事件だから、手柄にでもなればと、おっとり刀で駆けつけてきたのだろう。

「おい、中もいっぱいか」

新米の竜之助が、先輩たちをかきわけるのをためらっていると、定町廻り同心の矢崎三五郎が悠々とやってきた。

「おいおい。わんさか駆けつけてくれたもんだぜ。だが、ざっと見渡せば、みな、担当がちがうんじゃねえのかい？　ここは定町廻りにまかせてもらおうかい？」

矢崎はなかなか威勢がいい。集まっている連中を押しのけて、中へと進んだ。竜之助と文治もとぼけてそのあとにつづいた。

だが、戸を開けて中に入るや、

「うっ」

竜之助は思わず着物の袖で口と鼻を押さえた。

胸が悪くなるような血の匂いである。越中島《えっちゅうじま》の近くを歩いていて、鶏小屋のわきでくさやを焼く匂いをかいだことがあるが、この血の匂いよりはまだましだった気がする。

「なんだ、これは？」

「湯船で刺されたもんで血があったまったんでしょう」

と、文治が言った。

湯船はざくろ口と呼ばれる目隠しの向こうだが、熱い湯の湯気で、血の匂いは流し場から着替えをするほうまでまき散らされ、充満していた。最近、板を張り替えたらしく、こんな血の匂いがなければ爽やかな木の香りがするのだろうが、これでは台無しである。

矢崎も顔をしかめ、

「たまらねえな。早く風を通せ」

と、怒鳴った。

湯番頭や奉行所の小者たちがいっしょになって、そう多くはない流し場の跳ね戸や裏口の戸などを開け放った。冷たい冬の風が入り込み、たちまち匂いが薄れたかわりに、死体があるからか外よりも寒さを感じるくらいになった。

「旦那。湯船の湯も抜きますか？」

「おう。抜いちまいな」

矢崎はそう答えて、流し場に寝かされていた死体の上にかがみ込んだ。こうした場合にかけられる筵《むしろ》もなく、素っ裸で横たえられている。近ごろ、見せ物小屋などでは人そっくりの生き人形と呼ばれる悪趣味な人形があるらしいが、そんな感じにも見えてしまう。

「何があったんだ？」

と、矢崎が先に来ていた別の岡っ引きに訊いた。

「へい……」

と、これまでわかっていることを伝えた。

殺されたのはつい四半刻（三十分）前である。

こっちの湯は、八丁堀の湯屋とちがって、男湯と女湯が中でつながっている。ここは八丁堀のほうから来る女の客も多く、けっこう混雑していて、湯船には六、七人は入っていたらしい。

急に悲鳴があがった。

被害者の声ではない。最初に気づいた女の金切り声だった。

遺体が湯船にぽっかりと浮いたのである。

最初は卒中でも起こしたのかと思ったそうだ。湯船は薄暗いざくろ口の中にあるので、ぼんやりとしか見えない。助けあげようとして、湯船から外に出すと、血が流れているのがわかり、もう一度、悲鳴をあげた。

「心ノ臓を一突きだな」

矢崎がそう言ったので、

「そのようです」

と、竜之助もうなずいた。声をあげる暇もなかったろう。うっと言ったくらいで、すぐに絶命したはずである。

「旦那。これが湯船の底に」

小者が刃物を持ってきた。細身の短刀である。護身用でもあるのか、よく砥《と》いであるが、拵《こしら》えなどはなんの変哲もない。ちょっと手ぬぐいにくるめば、怪しまれずに持ち込めたはずである。

それにしても一突きである。よほど腕が立つ、殺し屋のような稼業の男か。それとも、顔見知りだったのかも知れない。

「あるじはいるかい？」

流し場にいる男たちを見回して、矢崎が訊いた。

「へい」

湯屋のあるじは、肥《ふと》った猿のような顔をした男で、こんなときにはふさわしくない笑みを浮かべている。へつらったような笑いではなく、楽しそうである。この不慮の事態を喜んでいるのかもしれない。すこし顔が似ている倅《せがれ》らしき男のほうは、硬い表情で、かしこまっている。

「殺されたときに番台にいたのはどっちでえ？」

「いえ、あっしのつれあいの婆《ばば》あがいたのですが、よほどおったまげたらしく、気分が悪いと寝てしまいまして」

「無理にでも起こしてきましょうか？」

と、倅のほうが訊いた。

「ま、いいや。どうせ、婆《ばあ》さんなんざ、何にも見ちゃいねえよ」

と、矢崎三五郎が決めつけた。

「それよりもこの死人が誰かわかってるのかい？」

「繁《しげ》さんだよな？」

と、倅が自信なさげに、隅のほうにいた客に訊いた。野次馬というより、ここに居合わせて、ぐずぐずしているうちに帰りそびれてしまった連中だろう。

「ああ、繁さんだ」

「繁さんてえのは、繁三《しげぞう》かい、繁吉《しげきち》かい、それとも繁々《しげしげ》かい？」

「さあ。しげしげってことはないでしょうが」

と、倅も客も首をかしげてしまう。そのあいだ、あるじの爺さんは、ただ笑っているだけである。矢崎はその笑顔をじろりと見て、

「おめえが下手人だと決めつけたくなる笑いだな」

脅すように言った。それでも笑顔は消えないからたいしたものである。

「この繁ってえのは、近所にいるんだな？」

「そこの鍛冶屋《かじや》の路地を入った朝太郎《ちようたろう》長屋の住人ですぜ」

と、客が答えた。

「家族はいるのか？」

「いえ。一人暮らしです」

それを聞いて竜之助は、よかったというのは悪いが、内心、ホッとした。これで年老いたつれあいが置いていかれたとかなると、何と言って慰めたらいいのかわからない。見習い同心などは、つれあいの死を知らせに行くなどという嫌な役目を押しつけられがちなのだ。

矢崎は客に訊いた。

「いくつなんだ？」

「七十は超えていたと思いますが」

遺体を見る分にはもっと若く見える。

「あとは誰もこいつのことをくわしくは知らねえんだな？」

「……」

矢崎の問いにみな、無言でうなずく。

「下手人を見た者は？」

「なんせ、殺しだなんて思わなかったから、胸の傷に気づいたころには逃げちまってたんでしょう」

と、客の一人が言った。

「じゃあ、そこの岡っ引きに名前と家を告げて、帰ってくれていいぜ。また、あとで話を訊きに行くから」

と、矢崎は客たちを追い払った。

「矢崎さん。二階に行った者もいるのでは？」

と、竜之助が矢崎に訊いた。

「ああ。占い師が上がっていきました」

倅が答える。

「では、わたしが話を訊いてきましょう」

と、竜之助が言った。

「おう。いまごろのそのそしているようなやつが、下手人のわけはねえが、何か見てるかもしれねえしな」

江戸の湯屋の二階はたいがい大広間になっていて、客がくつろぐことができた。囲碁や将棋の道具が置いてあり、湯茶も出れば、菓子なども売っている。竜之助は湯屋の二階が大好きになって、非番の日で天気が悪いときなどは日がな一日そこでごろごろすると、疲れも消え失《う》せてしまう。今日はさすがに下であんなことがあったから、空いている。

「なんでえ、一人だけかい」

広間の真ん中で、四十くらいの髭をはやした男が、畳の上に碁石を転がしながら、何かぶつぶつ言っている。そういえば、高橋《たかはし》のわきあたりに座って、通りすがりの客を占っているのを見たことがある。

「碁石で占ってるのかい？」

と、竜之助はのぞきこみながら訊いた。

「ええ。どうも今日の夢見が悪かったのは、こんな騒ぎに出くわすというお告げだったのかなあ。さあ入ろうと裸になったらこれだもの。まいったなあ」

と、くさったような顔で答えた。

「占い師だって？」

「当たると評判のね」

真面目な顔で言った。

「じゃあ、その碁石で、下手人がどっちに逃げたか占ってもらえるかい？」

「いいですとも」

占い師は白黒取り交ぜた碁石を何度か手の中で振り、さっと畳の上に撒《ま》いた。

白が真ん中に集まったような並び方である。

「げっ」

「どうしたい？」

占い師は竜之助を見て、怖々《こわごわ》といった口調で告げた。

「あっしは下手人なんかじゃありませんぜ」

二

「汚ねえ長屋だなあ」

矢崎は、路地に何人か住人が出ているのに、遠慮なくそう言った。

たしかにあまりきれいな長屋ではない。このあたりは他の長屋が新しいので火事で焼けて数年といったところだろうが、朝太郎長屋だけは古材や焼け残りを集めてつくったのかもしれない。

「繁って爺さんの家はここだろ?」

矢崎は洗濯をしていた女房たちに訊いた。

「はい。でも、出かけてますよ」

五つ紋の羽織に着流しという格好で、町方の同心とはすぐにわかるから、女房も硬い顔で答えた。

「わかってるよ。あの世に出かけちまったんだ」

「え……」

「ちっと大家を呼んできてくれ」

二人いた女房の片方が、青ざめた顔になり、しもやけで赤くなった手を着物で拭きながら、路地から出て行った。

「なんでえ。この戸は開かねえな」

矢崎が腰高障子に手をかけながら言った。

「そこは開かないんですよ。なんかそこらあたりをいじくってましたが」

と、長屋の女房が戸の中ほどを指差した。

「かまわねえ、叩き壊せ」

文治が下のほうを蹴《け》ると、所詮《しょせん》、腰高障子だから、すぐに外れた。

竜之助が戸を確かめると、一部が箱根細工《はこねさいく》の仕掛けのようになっていて、小さな板をずらせば、かけてある閂《かんぬき》を外すことができるのだった。かんたんな仕掛けではあるが、こんな用心をしている家はめずらしい。

一方、矢崎のほうは、

「なんだ、こりゃあ」

と、室内にうず高く積まれたものを見て啞然《あぜん》としている。

「つぶされそうだぜ……」

いわゆる九尺二間、土間に四畳半がついただけの家である。棟割ではなく吹き抜けになっているだけましだが、それにしても狭い。

狭いのは荷物が多すぎるからである。

四畳半の両壁に棚がつくられ、そこにさまざまな道具が入っている。いちおう、箱ごとに分類した形跡もある。箱には「印影鏡《いんえいきょう》」とか「みしん」などという字が書いてある。印影鏡とは、たしか写真を撮る器械のことではなかったか。箱からはみ出てこぼれ落ちているのも多い。紐もあれば、鎖もあるし、小箱もあれば器械の一部みたいなものはいっぱいある。

材料も鉄、銅、木、陶器、ギヤマンなどさまざまである。

わずかに一畳分ほどの隙間があり、万年床が敷いてあるが、ちょっとした地震でも荷物が崩れてきそうである。

「こいつは何者なんでしょう?」

と、後ろから文治が竜之助に小声で訊いた。

「さあ」

何をしていた男なのか、竜之助には見当もつかない。

だが、矢崎は軽く言った。

「決まってるじゃねえか。屑屋だろ」

そこへ大家が来た。駆けてきたらしく、はあはあ息を切らしている。歳はそれほどでもなさそうだが、眉毛《まゆげ》が白く、すこし意地の悪い目つきにも見える。

「繁三が亡くなったというのは本当ですか?」

　矢崎と竜之助をすばやく見比べ、矢崎のほうに訊いた。

「そうなんだよ。そっちのかめの湯で、誰かに心ノ臓を一突きさ」

「そりゃあ、また……」

　大家は手を合わせてぶつぶつ拝んだ。見かけほど人は悪くないらしい。

「繁は、繁三ってんだな」

「ええ」

「どんな男だったんだ?」

「なにせ無口な人でしたから」

「商売は何だ?」

「道具屋でしょうな。くだらないものを売る」

　と、大家が家の中に積まれたがらくたを指差して言った。

「なるほど。屑屋よりはいいものを扱ってるか」

　矢崎は納得したが、竜之助はそういうものとはちがう商売のような気がした。

「変な爺さんでしたからなあ」

と、大家は眉を寄せ、

「なあ、みんな」

路地に出ていた長屋の女房たちに言った。

みな、うなずいたところを見ると、だいぶ変わってはいたらしい。

「どんなふうに変わってたんでえ？」

矢崎が路地に出ていた連中をぐるりと見回して訊いた。

「空を飛びたいと言ってみたり、お天道《てんとう》さまのように明るい灯をつくりたいとか言うのも聞いたことがあります」

と、子どもを背中に負《おぶ》った女房が言った。

「空を飛びたい？　じゃあ、いまごろは鳥にでも生まれ変わっているかもしれねえ」

と、矢崎が笑った。

「でも、学《がく》はあったんじゃないですかね」

別の女房がそう言うと、大家は、

「それはどうかな」

と、否定的である。

「でも、なんか馬鹿にはわからないような時計の修理だとか、ギヤマンを磨いたりもしてましたよ」

「やっていたことがわからないからといって、学があるとは限らぬさ」

　大家は認めたくないらしい。

　矢崎が訊ねているあいだ、竜之助はがらくたを一つずつ手に取って、いろいろな使い道を考えた。小さな筒みたいな金属のわきに、ねじがついているものがある。ねじを回すと、輪の中央についた歯車のようなものが回った。だからといって、何がどうなるわけでもない。もしかしたら、たいして意味のない、子どもの玩具《おもちゃ》のようなものなのか。

「金回りはどうだった？」

「よかったと思いますよ。うちの亭主などよりは、ずいぶんいい酒を飲んでるみたいでしたから」

「ふうん。いい酒をな」

　矢崎の問いも一通り済んだようなので、

「やはり、このがらくたはなんか気になりますね」

　と、竜之助は矢崎に言った。

「気になるってえと、殺しの理由がここにあるってかい？」

「いまは何とも言えませんが」

「ふうむ。物色されたようなようすはないがな」

「これから来るってことも考えられますよ」

竜之助はこのよくわからないものを一つずつ、つぶさに眺めてみたいと思った。たとえ殺しの下手人が浮かびあがらなくても、もっと面白い発明や文物《ぶんぶつ》が見つかるかもしれない。

「だが、これを調べるにしても、ここには仏がもどってくるぜ」

「そうか。葬式もしなくちゃなりませんね」

竜之助もそれは考えなかった。

「あの……ちょうど、隣りの家が空いてますので、仏さんはそっちに置きましょうか」

と、大家が申し出た。

「おう、そりゃあいい。じゃあ、ここには文治を寝泊まりさせるか」

矢崎がそう言うと、文治は恐ろしげな顔をして、

「えっ、ここにですか」

「いやかい？」

「とんでもねえ。いい夢が見られそうです」

と、笑った。

それから、矢崎は腕組みをし、頭の中でいくつかの紐を結びつけているような顔をした。だが、紐同士はさらにこんがらがったのか、

「変な殺しだ。福川、ちっとおめえが当たりをつけてみな」

と、投げ捨てるような調子で言った。

三

翌日――。

竜之助は、腕組みをしたまま、八丁堀を区切る川の一つ、楓川《もみじがわ》のほとりを歩いていた。矢崎が竜之助に押しつけたのは、おそらくこれがかなり難しい殺しだと見たからで、現に竜之助の調べは早くも行き詰まっている。

昨日は夕方から夜まで、殺しがあったときに湯屋にいた者から話を訊いた。だが、下手人の見当はまったくついていない。湯船の上に小さな窓があるが、朝日が入らずかなり暗かったため、誰も殺しのことは気がついていなかった。気づい

たときには、下手人はすでに逃げてしまったあとだった。

とくに当てもなく、かめの湯に来た。

すでに遺体は長屋にもどっている。血の匂いなんかしていたら客も来なくなるだろうから、何度も洗い流し、磨きあげられている。それでも、今日一日は休みにすると、張り紙が出ていた。

竜之助が顔を見せると、湯屋のあるじが猿のような笑い顔で——といっても竜之助は猿が笑うのを見たことはないのだが——、

「婆あ、同心さまがお見えだぜ」

と、二階に声をかけた。何だか待たれていた気配である。

「しかも、若くていい男のほうの同心さまだ」

あるじがくだらぬことを言っていると、二階から婆さんが降りてきた。あるじと比べるとずっと上品そうである。

「じつは、お話ししたいことがあって、あたしのほうから奉行所にうかがおうかと思っていたのです」

「それは聞かしてもらおう」

「ここでは何ですので、二階のほうにお上がりいただいて」

婆さんに案内され、昨日も上がった二階に向かう。後ろからあるじもついてきた。

「話というのは？」

竜之助が婆さんに顔を向けると、あるじがわきから言った。

「変なことを言うのはやめろって止めたんですがね」

「だって、おかしいんだもの」

「おめえ、色ぐるいになったんじゃねえの？　そんなにやりたきゃ、おれがやってやっから」

「やかましいやい、このボケ爺ぃ」

「なんだよ、おめえだってしわくちゃ乳のくせに。ひっひっひ」

いきなり二人のあいだで喧嘩《けんか》が始まった。

「おいおい、喧嘩はやめて、その話を聞かせてくれ」

「はい。じつは、昨日の朝の繁さんは変だったのです」

「変というのは？」

「あたしが番台に座っていると、着物を脱ぎ、素っ裸になった繁さんが、真ん前に黙って立ったんです。こっちを向いてですよ」

「それじゃあ」

「ええ。丸見えですよ」

「笑いながらかい？」

悪戯《いたずら》っけでも起こしたのかもしれない。

「まったく違います。大真面目な顔でした」

「なにかい、おめえ、そんなとき、そいつのナニはぐうっと上を向いてたかい？」

竜之助が訊きたくて訊けないことを爺さんのほうが訊いてくれた。これはほかの番屋で聞いた話だが、世の中には他人に見せることで興奮するような、おかしな性癖の男もいるらしい。

「そんなことはなかったね」

「なかったですか」

と、竜之助は確かめた。

「婆さんがっかり」

と、あるじが婆さんの顔をのぞきこんだ。

「やかましい。あっちへ行け」

そう言われても、あるじはにやにや笑って向こうには行かない。

「前にもそんなことは？」

「とんでもない」

と、婆さんは強く首を左右に振った。

「いつもきちんと挨拶をし、着物だってすっきり着こなして帰っていったものです……繁さんは、あたしの幼なじみなんですよ」

「ほう」

やっとあの仏のくわしい素性が明らかになりそうである。

「名は繁三といって、あたしといっしょで向こう岸の小網町の三丁目の生まれです。あたしの家は八百屋で、繁さんは裏の長屋に住んでました。おとっつぁんはいい腕のくしの職人でした」

「では、繁三もくし職人なのかい？」

「いいえ。繁さんは何というんでしょう、新しい時代の器械のようなものをつくる職人になったんです」

「新しいもの？」

「ええ。遠めがねとか時計とか」

「なるほど」

竜之助は大きくうなずいた。それで長屋に積まれてあったものの正体がわかった。あれはいろんなものの部品なのだ。屑屋や道具屋のように売り買いするのではなく、ものをつくる職人だったのである。

「でも、近頃はなんだかの仕事が増えたとかなんとか」

「なんだかじゃわからねえなあ」

「人の名前みたいでした」

「人の名前？」

それではますますわからない。とりあえず、知っている名前をひとつずつあげていくべきなのか。赤坂権之助《あかさかごんのすけ》、井田正五郎《いだしょうごろう》、梅川金蔵《うめかわきんぞう》……。

「西洋のろうそくのようなものだとも」

「洋燈《ようとう》か？」

「ようとうなんて名前がありますか？」

「あ」

やっとわかった。見たことはないが、名は聞いたことがある。このあいだも、お奉行が私邸のほうに入れようかと言っていた。あのお奉行はアメリカにも行っているくらいだから、そうしたものにも偏見はない。

「火燈《かとう》か」

「そうそう、加藤さんみたいでしょう。加藤清正《かとうきよまさ》」

「なるほど」

火燈とは、のちのランプである。

日本に持ち込まれたのはいつかはっきりしない。シーボルトが最初ではないかと言われている。

「火燈の職人たあ、変わってるな」

「新しいことに目のいく人だったから」

婆さんがそう言うと、わきからあるじがケチをつけた。

「いるんだよ。ちょろちょろ目新しいことばっかりに手ぇ出す野郎ってのは。ちっとも落ち着いて仕事が……」

険悪な雰囲気になったとき、ちょうど下から、

「おやじ。ちっと釜の具合がよくねえ」

と、声がかかった。

下に降りていくあるじの背を睨《にら》みながら、婆さんが言った。

「まったくもう、情けない。それに比べて繁さんはいい男でね、あたしは本当は

湯屋の嫁になんざ来たくなかった。こんなにつらい仕事もそうそうないですから。しかも、あのトンマな亭主を見てくださいよ」

この婆さんは、七十になってもまだ色気たっぷりという感じがする。若い竜之助からすると、ちょっと背筋に寒けが走るような思いもあるが、不思議な可愛らしさも残っていることは認めてもいいと思う。もしかしたら、田安家から竜之助の役宅に来ているやよいがあと五十年もすると、こんな婆さんになるのだろうか。

「繁三もお婆さんをお嫁にもらいたがってたんじゃないのかい?」

竜之助はお世辞のつもりで訊いた。

「どうなのですかね? 好きだとは言ってくれたんですよ」

と、照れながら言った。

「そうだったのかい」

「でも、あたしが十七のとき、繁さんは勉強のため長崎に行っちまいましたからね。あたしは待てなかったんですよ。だって、三年ものあいだ音沙汰なしなんですよ。それで世話する人がいて、この湯屋に嫁に来たわけです。あの爺ぃもあのころはあんなすけべ爺ぃになるとは思わなかったから。それで、あたしが嫁に来てから一年ほどで、繁さんは江戸にもどって来たんだそうです」

「それからは？」

「ずっと会ってませんでした。再会したのは数年前です。なんでも小網町には居づらくなって、引っ越してきたら、たまたまあたしの嫁ぎ先と近かったというだけで」

「じゃあ、裸でつっ立ってたりしたのは、ちっと頭がおかしくなったのか？」

「いえ。そんな感じはなかったです」

「彫り物とかもなかったよな」

「ええ」

いったい繁三はなぜ、そんなことをしたのか？　殺される直前のことだから、何か意味があったはずである。

しばらく頭をひねったが、まるで見当もつかず、ひとまずかめの湯を後にした。

四

まずは、繁三が最近、仕事にしていたという火燈というものを見てみようと、繁三の長屋に向かった。

繁三には親類も縁者もなく、葬式といっても訪れる者もなく、昼過ぎには長屋の者たちが荼毘《だび》にふしてしまうという。家のほうは、文治が退屈そうに留守番をしていた。その顔つきを見ただけで、なにごともなかったことはわかる。

「福川さま。どうです、調べは？」

と、文治から訊いてきた。

「おう。あいつは、屑屋でも道具屋でもねえ。新しいものをつくる職人だったぜ」

「へえ。じゃあ、これは？」

「部品なんだよ。ここからいろんなものを組み立てていくんだろうな。とくに近頃は火燈という西洋の行灯《あんどん》をつくったりしていたらしい」

と、竜之助は棚の部品をあさりながら言った。

「おそらくここには火燈の部品があるんだろうが、なんせ火燈そのものを見たことがねえから、わかるわけがねえ」

「そりゃあそうでしょう」

竜之助ははたして田安の家に火燈はなかったか、思い出そうとした。だが、あるわけがないのだ。田安の家は百匁《もんめ》ろうそくをたっぷり使っていた。わざわざ火燈なんて外国の怪しげなものを使わなくてもよかったはずである。

どこかにないものかと、首をひねったとき、瓦版屋のお佐紀《さき》を思い出した。

——お佐紀なら、どこで売っているか知ってるだろう。

文治をここに残したまま、神田《かんだ》の旅籠町《はたごちょう》に向かった。

お佐紀の家は瓦版屋である。いちおう屋号もあって、〈天網堂《てんもうどう》〉というのだとは、つい先日、聞いた。お佐紀はここで腕ききの書き手として動き回っている。江戸中を歩き回り、面白い話を集めては記事にしている。それくらいだから、ちょっと変わった店なら、たいがいの店を知っているはずなのだ。

腰高障子に瓦版と大書されている。軒下にはなるほど〈天網堂〉と洒落たかたちの文字で書かれた看板が下がっていた。

あんまり中が静かで、入ろうかどうしようかためらっていると、

「福川さま」

と、後ろから声がかかった。

「やあ。いま、お佐紀ちゃんを訪ねようとしたところさ」

「まあ。何か？」

「ああ。店を探していてね、お佐紀ちゃんなら知ってるかなと思ったのだ」

「店?」

「アメリカやエゲレスなどから渡ってきたものや、あるいはそれを真似てつくったものなどを売ってる店なんだがな」

「いくつかありますが、どんなものです?」

「火燈ってものなのだが」

「ああ、はい。ありますよ。いまから行きましょう。そう、遠くはないですから」

さすがにお佐紀は江戸のいろんな店を知っている。

やってきたのは、神田の本石町《ほんごくちょう》三丁目である。

ここには、つい数年前までオランダ宿として知られた長崎屋《ながさきや》があった。その隣りの店で、長崎屋はなくなったが、こっちはまだ残っていた。

〈四海屋《しかいや》〉という看板が下がった小さな店だが、長崎経由のさまざまな器械などが売られているらしい。

壊れたものも多いが、見る人が見れば、壊れていても参考になるし、修理して使うことも可能だという。

目が奥まってどこか異人のような顔をしたあるじに、

「火燈ってのはあるかい？」

と、訊いた。

「はい。ちょうど、三日前に入荷したのが……これでございますよ」

取り出してきたのは、なにやらきのこのお化けのようなものである。

「これはお天道さまみてえに明るいものですぜ」

「やはり、買わないと駄目だろうな。いくらかな」

「はい。これは材料も少なく、油を一瓶つけて一両いただきたいのですが」

と、あるじは両手をこすりながら言った。

「一両か」

いい値段である。巾着《きんちゃく》を探ろうとすると、お佐紀が、

「福川さま。ちょっと」

と、店の外に引っ張った。

「なんでえ、お佐紀ちゃん」

「高いですよ、一両は。もうすこし待ったら、売れずに絶対、値を下げますって」

「だが、すぐに手元に欲しいのだ。なあに、調べのためだもの、矢崎さんから出してもらうさ」

「矢崎さまが、そんなお金を出してくれるわけ、ないですよ」

と、お佐紀は自信たっぷりに言った。

「そうかのう。いいよ、いいよ。ちょうど、冬物の羽織を買うために入れておいた金があるし、我慢できぬほど寒くもないし」

「まあ、知りませんよ」

お佐紀の反対を押し切って、購入してしまった。

かんたんに仕組みなどを教えてもらったあと、風呂敷に包んでもらった火燈を抱えて店を出た竜之助は、

「さっそく、どんなものか試したいが、お佐紀ちゃんのところじゃまずいか」

と、訊いた。

「あ、大丈夫です。今日は瓦版を刷りませんから、爺ちゃんもおとっつぁんも裏に引っ込んでると思います」

「じゃあ、邪魔するか」

また天網堂にもどってきて、ふだん瓦版を刷ったりする大きな台の上に、その

火燈を置いた。

「ここに油を入れるって言ってたな」

「はい」

壺に油を入れると、芯がその油を吸い上げる。ここらは昔からわが国にある秉燭《ひょうそく》と、同じ原理らしい。

「それで、この芯に火をつけてみよう」

竜之助がろうそくの火を移した。

部屋にさあっと温かな光が広がった。同時に二人の大きな影が室内で跳ねた。

あまりの明るさにうっとりするほどである。ろうそくとは比べものにならない。

「まあ、西洋の明かりって、こんなに明るいのですね」

「そうだな」

「夜がこんなに明るかったら、眠るのももったいなくなりそう……」

お佐紀は火燈の明かりで目がきらきらと輝いている。竜之助はその顔をさりげなく見つめた。

——きれいだ……。

うっとり眺めてしまった。色っぽいやよいとはまったくちがう美しさである。透明な清々《すがすが》しい朝の景色とでも言ったらよいか。

一重のまぶたがすっきりして、紅も塗っていない薄い唇は、飾らない言葉を言うのにふさわしい。唇だけでなく、化粧っけはほとんどない。やよいがかなり厚めに白粉《おしろい》を塗っているのは、もしかしたら色が黒いからではないか。

竜之助は、なぜかお佐紀といると、役宅にいるやよいのことを思い出してしまう。やよいはもともと田安の屋敷に奥女中としていたのだが、用人の支倉辰右衛門《はせくらたつえもん》の命をうけ、いまは竜之助といっしょに八丁堀の役宅に住み込んでいるのだ。

お佐紀が爽やかで清潔そうな美しさなのにくらべ、やよいのほうは女の色香をむんむんさせている。竜之助は、まちがって手を出してしまえば、自分が骨抜きにされてしまいそうで、本当は遠ざけたいところなのだ。

――そのくせ、こうしてときどき思い出したりするのはどうなのだろう？

しかも、やよいといるときは、今度はお佐紀のことをしきりに思い出したりする。

――おいらは、もしかしたら自分で思ってるより浮気性で好色なのかね。

思わず首を左右に振り、ぼんやりしそうな気持ちに活を入れた。

「もうじきここを通る。顔をよく見てくれ」

と、小佐野金蔵は言った。熊、桂馬、うどんの三人は、黙ったままうなずいた。

ここは楓川にかかる橋の上である。南町奉行所の与力や同心たちは、ほとんどがこの橋を渡って八丁堀に帰ってくる。

冬の日の入りは早く、すでに暗くなりつつある。

「いまから襲うのか」

と、熊が訊いた。

「暗いところでは駄目だ。剣さばきをじっくり見なければならぬのだからな」

小佐野が答えた。

「ここらで真っ昼間にやるのか？」

今度は桂馬が呆《あき》れたように訊いた。

「いや、やつは非番のときには物見遊山に出ることが多い。そのときは、深川《ふかがわ》のはずれや王子《おうじ》くんだりまで出かけたりする。そこを襲う」

「なるほどね」

と、うどんがせせら笑うように言った。

「では、いまから誰が最初にやるか決めておくか」

「誰が、最初に？　一人ずつ襲うつもりか」

「一人ずつ？」

「一人ずつやるなんて聞いてないぞ」

三人はそれぞれ驚いて、小佐野を見た。

「そんなことは当たり前だろうが。一対一で戦わずして何がわかる」

「わかるさ。四人で囲めば、そやつも取っておきの秘剣を使わざるを得まい。それがわかれば、こっちもその男を殺さなくてすむ」

と、熊が言った。

「馬鹿な。殺してよいのだ」

「それは……新陰流は活人剣だぞ。正統であるわれらは、むやみに殺すことは避けるべきだ」

だが、小佐野はその意見を真摯《しんし》に取り上げようとはせず、

「ふん。殺せというのは殿の命令だ。では、三人のうち、誰が最初に行くかを決めろ」

と、命令するように言った。

「ちょっと待てよ、おい」

と、熊が怒ったように言った。

「何がだ」

「そんなに言うなら、小佐野、おぬしがやれ」

「え」

小佐野は信じられないことを聞いたといった顔になった。

「そうだろうが。もとはと言えば、おぬしが騒ぎ出し、殿に言上《ごんじょう》したからこうなったのだ」

「だが、わしは最後に見届けると殿にもお約束したぞ」

「勝手に決めるな」

と、熊が言うと、

「そうだよ。自分だけ後ろに下がったみたいだ」

「卑怯者《ひきょうもの》と言われてもしょうがないわよね」

二人が猛然と抗議をした。

「やりゃあ、いいんだろう」

と、小佐野が真っ赤な顔になって言った。

「ああ、やりゃあいい」

熊が当然だという顔で小佐野を見た。

「そのかわり、万が一、わしが敗れたときは、そなたたち、ちゃんと藩命を全《まっと》うするのだろうな。つまり、徳川竜之助を斬るまで、そなたたちが順に襲撃するのだろうな」

と、小佐野は念を押した。

「それは仕方あるまいな」

「仕方ないだと」

小佐野は熊の言い分が気に入らない。

「だから、やるって」

「ううう」

そのとき、小佐野がふいにさりげなさをよそおって、楓川の下を通った荷船を指差し、

「よいか。視線は合わせるな。来た。あいつだ」

と、ささやくように言った。

徳川竜之助は、すこし寒そうに懐手をして、一人で歩いてきた。同心たちはふつう、小者や岡っ引きたちを連れ歩くが、竜之助は一人でやって来た。無理やり奉行所の中にこしらえた家柄で、世の中のどさくさ騒ぎもあって、家来などの手配も遅れがちなのだ。

だが、竜之助にそんなことを気にするようすは微塵《みじん》もなく、一人で歩くのがたまらなく楽しいことであるように見えた。

長身で、瘦軀《そうく》である。

それでも肩や胸に筋肉が盛り上がっているのは、着物の上からもわかった。彫りの深い顔立ちである。目は細いが、視線が遠くを見るように、どこかゆったりしている。色は黒い。日焼けだけでなく、地肌も黒いのだろう。袖口から見えた二の腕まで褐色《かっしょく》をしていた。

竜之助は、弾むような足取りで、四人の前をたちまち通り過ぎて行く。

その後ろ姿を見送り、

「あれが、徳川竜之助か？」

と、熊が言った。

「いい男だね」

うどんがぼんやりした顔で言った。

「あんないい男なら、斬られて死にたいってか」

桂馬がうどんをからかった。

「馬鹿言うんじゃないよ」

うどんはそう言ったが、ぽっと頬を染めた。

五

翌朝――。

火燈の代金を奉行所で立て替えてくれと願い出た竜之助は、お佐紀が予想したとおり、矢崎から、

「馬鹿野郎。そんな金が出せるか」

と、怒られた。

「まいったなあ。冬物の羽織は諦《あきら》めるか」

竜之助は諦めが早い。

奉行所を出ると、今日はまず繁三の長屋に寄ることにした。

ところが、朝太郎長屋の近くまで来ると、途中で文治に会った。

「おい、誰かいないとまずいぞ」

「へい。下っ引きを張り込ませてますから」

「それならいいか」

「それよりも、福川さま……夜中に眠れなくていろいろいじくっていたら、こんなものが見つかりました」

と、しわくちゃになった紙を差し出した。

「丸めて放ってあったのですが、文字を読んでみてくだせえ」

「おぶぎょさまえ」

文字はそれだけである。

下手な字だった。器械にはくわしくても、文字のほうはさっぱりらしい。この手の偏《かたよ》った才能の持ち主は、剣術遣いにもいるし、さほど珍しくはない。うまく書けないからやめたのではないか。

「お奉行に何か訴えてえことがあったんだな」

「だが、いきなりお奉行さまというのも変ですね」

と、文治は言った。

「なんでだい？」

「なあに、町人たちはたいがい、まずは大家とか町役人など身近にいる人に相談するんです。いきなりお奉行に訴えるなんてことはしませんよ」

「なるほど」

と、竜之助も納得した。もうすこし繁三のことを知る必要があるらしい。

そういえば、湯屋の婆さんは、前の長屋に居づらくなったからと言っていた。

――その前の長屋に行ってみるか。

別のことで矢崎に頼まれたことがあるというので、文治とはそこで別れた竜之助は、湯屋の婆さんに聞いていた繁三の以前の住まいである小網町三丁目の百草《もぐさ》長屋というところを訪ねることにした。三年ほど前まではここにいて、それから川向こうの南茅場町に移っていったのだ。

ここも朝太郎長屋と似たりよったりで、そう上等な長屋ではない。一棟に家賃をためこんでいるのが何人かはいるといった風情《ふぜい》である。

大家を呼び出して訊いた。

「繁三って爺さんが、ここに居づらくなったと聞いたんだがね」

「ああ、それはですね……繁三のつくった遠めがねが、もぐらの勘平《かんべい》という泥棒の道具に使われてましてね」

「遠めがねを使って、盗みに入る家を下調べしたりしたのだな」

「繁三はそれを依頼され、つくったんです。もちろん、まさか盗みに使われるとは思ってなかったのでしょう。ちっと難しい注文をされると、使い道などろくに考えず、逆にむきになってつくってしまう。それが、悪事に利用されるなんてことまでは考えないのでしょうな」

「なるほど。職人気質てえやつだ」

「だが、そのことを証明するのは大変でした。あっしらもずいぶん、大番屋やらお白州《しらす》に呼び出されたりしましてね」

「そりゃ大変だったろうな」

「繁三もそれで、気がひけたんでしょう。まもなく誤解はとけたのですが、ここからは出て行ってしまいました」

　これでわかった。

　今度も、大家や町役人に相談すれば、いろいろ面倒をかけることになるだろうから、直接、お奉行に訴えようかと迷ったりしたのではないか。

　小網町を出ると、竜之助はまた南茅場町にもどった。

繁三の過去はわかっても、肝心なことがまだまるでわからない。そのひとつは、殺される直前の裸のふるまいの謎である。

これを解くためかめの湯に入ってみることにした。

今日は朝から開けていたが、中は空いている。何日か前、ここで人殺しがあったことは、町内の者は誰でも知っている。しばらくは気味が悪くて入りたくないという者も多いのだろう。

まずは湯船につかった。人が少ないので、思い切り手足をのばした。

やっぱり気持ちがいい。空いている朝湯くらい気持ちのいいものがあるだろうか。

もちろん血の匂いなどしない。木の香りが心地いい。肥った猿のようなおやじは、人柄にこそ妙なところがあるが、仕事は丁寧《ていねい》らしい。

だが、いくら湯につかっても、気持ちいいだけで、謎は解けない。

湯から出て着物を着る。その着替えのところで竜之助は首をひねった。

繁三はこれから湯に入ろうと、裸になった。そのまま流し場のほうには向かわず、寒いのにわざわざ後ろを向き、番台の前に立った。

——どうして裸で婆さんの前に立ったか？

わしはこんなに老けちまったよ。ともに過去を懐かしもうぜ。と、そういう気持ちだったのか。

いや、ちがう。だったら、口にすればいいことだ。わざわざ裸を見せるなどというまどろっこしいことはする必要がない。

殺されることを予期して、昔の恋人である婆さんに、なにか伝えたかったのではないか。

とすれば、それはもちろん下手人のことだろう。

――やはり、その場所から見ないとわからないか……。

番台から不思議そうに竜之助を見ていた婆さんに、

「そこに上がると、なにかわかるかな」

と、訊いた。

「上がってみればいいでしょう」

「そりゃあ、まずいよ」

「まずくはないですよ」

「だが、女湯にも客がいるだろうよ」

「大丈夫ですよ。いまどきは婆さんだらけで、誰も気にしやしませんから」

「では、ちょっとだけ上がらせてもらうぞ」

番台であぐらをかいた。

なるほど女湯も空いていて、婆さんが一人、着物を着ているところである。

番台に座ることに憧れを持つ男は多い。もちろん、竜之助もその一人だった。

だが、いざ座ってみると、なんということもない。それはそうで、華やかな女体がなければ、冬枯れの花畑といっしょである。死角になったところに誰か一人いるみたいだが、どうせあれも婆さんだろう。

ところが、立ち上がってこちらを向いた女を見て、仰天した。

「な、なんと……」

やよいが来ていたではないか。

「あっ」

あわてて目を逸《そ》らした。見つめるほど図々《ずうずう》しくもないし、女体に慣れてもいない。男湯のほうに視線を向け、見慣れたこ汚い裸体を、見たくもないのに凝視した。

「まあ、どうなさったのですか」

やよいの声がした。しかも、嬉しげではないか。

「あ、誤解するなよ。これはお調べなのだぞ」

男湯のほうを向いたまま言った。

「やぁーん、そんなことおっしゃって」

「ば、馬鹿な想像はするなよ」

身体を逃げるように男湯のほうにひねると、

「うわっ」

番台からさかさまに転げ落ちた。

「大丈夫ですか」

やよいが肌襦袢《はだじゅばん》をはおりながら駆け寄ってきた。

「大丈夫だからくるな」

襦袢は紐も結んでいないため、胸元などずいぶんはだけている。色もこのあいだ想像したように、黒くなんかない。きれいな肌である。

「若さま、どうなさいました」

若さまという言葉だけは小さく言った。そこらは機転がきくのだ。

「なんだよ。なんで、こんなほうまで湯に入りに来るんだよ」

「だって、八丁堀の湯屋には、ほかの旦那たちも来るんですよ。いやでございますよ」

だから、このかめの湯は、女の客が多いらしい。

「もう、いいから、早く帰れ」

「そんなに急がせなくても」

どうにかやよいを追い払った。

「いやはや、まいったな」

こぶはつくったが、閃《ひらめ》いたことがある。

さっき、おいらはやよいの裸を見て、思わず目を逸らしてしまった。だが、逆に繁三は番台の婆さんの目を逸らさせようとしたのではないか。

なにが見える？

目を逸らしても、女湯しか見えない。では、女湯を見せたかったのだ。

「なあ、婆さん。繁三の裸から目を逸らしたとき、女湯には誰かいたかい？」

と、番台にもどった婆さんに訊いた。

「ええと……いましたよ。おなじみさんと、あ、初めての女がいました」

「初めての女？」

「はい。うちは常連ばかりなのでめずらしいですね」

もしかして繁三は、その女が女湯のほうにいるのを知っていた？

そして、自分がその女からなにかされると怯《おび》えていた？

だから、番台の婆さんがその女の顔を覚えてくれるよう、そっちを向かせようとしていたのではないか。

いや、いたのは女だけとは限らない。その仲間の男もこっちにいたかもしれない。繁三は見張られていて、婆さんに言葉で身の危険を伝えることもできなかった。それで、苦肉の策として……。

「女の顔は覚えているかい？」

「ううんと……美人でしたね」

「ほう」

「さっきの人と張り合うくらい」

やよいのことである。

「ふむ」

「身体も同じようにきれいで」

まぶたの裏にさっきのやよいの裸身が浮かんだ。片腕では隠しきれなかった胸のふくらみ。手ぬぐいのわきから見えた腰の張り。なんか息苦しくなってきた。

「あら、同心さま。鼻血が」

あわてて手ぬぐいを当てた。

「いや、大丈夫だ。なんてことない。それより、その女の顔をもう一度見たらわかるかい？」

「わかると思います」

「また来たら、ぜひ知らせてくれ」

「いいですが、来ますかねえ」

婆さんは首をかしげた。

だが、その女か、あるいはいっしょに来た男かが、湯船で繁三を一突きにしたにちがいない。

六

さらにもう一日経って——。

「よう、泊まったのかい？」

と、竜之助は繁三の長屋に顔を出した。

文治が真ん中に座っている。退屈そうで、いつまでもこんなところにいなくてもよさそうだと、顔が語っている。

「夜は下っ引きに替わってもらいました。さっき来たばかりです。それより、福川さまは？」

「うん。ちっと試してみたいことがあってさ」

と、この前、買った火燈を下に置いた。

「ここにある部品で、これと同じようなものがつくれるか、試したいのさ。手伝ってくれよ」

「お安い御用で」

二人で積み上げられた部品の中から似たようなものを捜した。

油を入れる陶器の壺。

「これが似てますぜ」

「よし。これに、この金具をつけるんだな」

灯芯《とうしん》を出し入れする金具である。これで、火の大きさ、つまりは明るさを調節できるらしい。

灯芯をつける。

「今度はこれをかぶせるんだな」

竜之助はギヤマンの筒を金具の上にそっと置いた。これが風を防いだりするのか。

「それで、笠ですね」

笠は同じかたちのものがあったが、色がちがう。こっちにあったもののほうがきれいで、薄い桃色がついている。

「これでできたんじゃねえか」

「見た目はほとんど同じですね」

「油を入れてみよう」

使ってみることにした。竜之助は二度目だから、点火させるのにもびくびくしたりはしない。

「さあ、ついたぞ」

昼の光の中でも、夜の明るさが想像できる。ろうそくなどとは、火の勢いが違う。闇の大きさに挑みかかろうとでもいうような炎である。

「凄《すご》いですね」

と、文治が驚嘆した。

「たった五つの部品で、この素晴らしい明かりができるんだな」

「紅毛人《こうもうじん》も馬鹿にできませんね」

「だが、これを作ったことが、殺される理由になるもんだろうか？」

あらためて疑問に思った。

ここにある部品で、ほかにも何かできないか。

いろいろやってみることにした。

「これは何でしょうね、福川さま。箱の中は空っぽですが」

「だが、そこにろうそくが垂れた跡がある。ここにろうそくを立てるんだろうな。すると……あ、これは影絵なんじゃねえのか。それで、こうすると……」

「あ、影が動きますぜ。こりゃあ、面白い」

男二人が、組み立ての面白さに時が経つのを忘れた。ほとんど、子どものようである。

一刻（二時間）ほど経ったころか、カタンと音がして火燈の壺が割れ、こぼれた油に火がついた。

「あっ。大変だ」

「水だ、水をかけろ」

「あっ、火が飛び散りましたよ」

「まずい。こういうときは、叩くのだ。叩け、叩け」

竜之助も自ら羽織を脱ぎ、上から叩《こ》いた。

どうにか消し止めることができた。焦げ臭い匂いが広がったらしく、隣りの女房が心配そうに顔を出したので、何食わぬ顔で追い払った。

「火燈ってのは、危ねえもんですね」

と、文治が顔に煤《すす》をつけたまま言った。

竜之助はぼんやりしたような顔で考え込み、

「いや、むしろこれが狙いだったんじゃねえか?」

と、言った。

「え?」

「ほら、この壺は割れやすく細工したあとがある」

「ほんとだ」

「使ううちに火事になる火燈だったんじゃねえのか?」

竜之助はやっと核心にたどり着いた気がした。

奉行所にもどって、近頃、妙な火事がなかったか調べていると、

「福川。変な女がおめえに会いにきてるぜ」

と、矢崎三五郎に呼ばれた。

「はあ？」

「騙《だま》すなら、もうちっと若いのを騙しな」

と、矢崎は笑いながらいなくなった。

玄関口のほうに向かうと、そこにいたのはかめの湯の婆さんだった。

「おう、どうしたい？」

「見つけたんですよ、あの女を」

「女って、繁三が殺されたとき、女湯にいた……？」

「その女です」

「そいつは凄い」

急いでしたくをし、奉行所を飛び出した。

場所は小網町の三丁目だという。婆さんの足に合わせてゆっくり歩こうとしたが、なかなか足は達者で、気を遣うほどではない。

「また、湯に入りに来たのかい？」

歩きながら訊いた。

「ちがうんです。あの日の女のようすを目に浮かべていたら、あの女の袖と着物の片側が濡れていたってことを思い出したんです。これって、どういうことかわかります？」

「わからないね」

「あの日は雨なんか降ってなかったでしょう」

「そうだな」

「でも、風は強かったんです。そういう日は、鎧ノ渡しでこっちに来た人はしぶきをかぶったりするんです」

「ほう」

「あの渡しを使うのは、小網町界隈《かいわい》の者なんです。あれよりわきに外れたり、もっと東の人たちは、橋を渡ればいいだけですから」

「なるほどな」

たいした推量である。町人の、しかも七十近い婆さんといえど、侮《あなど》ってはいけないとつくづく思う。

「小さな町とはいえ、女一人を捜すのはけっこう大変でしょ。だから、あたしは小網町にあるお稲荷《いなり》さんの前で待ったんです。女というのは、ちょっと出がけにも、お稲荷さんの前で立ち止まり、柏手《かしわで》の一つも打つもんですからね」

「ほほう」

　ますます感心した。

「すると、どうでしょう。あの女が来たんです。あたしはあとをつけました。女は近くの団子屋で団子を買い、家にもどりました」

「そこまでつけたのかい？」

「もちろんですよ」

「凄いじゃないか、婆さん」

「繁さんのために、なんとか下手人を見つけてやりたいと思ってましたもの」

　婆さんは足を止めた。夢中になって話すうちに、小網町三丁目の裏店《うらだな》の前まで来ていた。

「それ、そこの家に住む女ですよ」

　と、婆さんは自慢げに指を差した。

七

　いったん奉行所にもどり、文治と下っ引きをつれて、ふたたび小網町三丁目にもどった。

見つからないよう、そば屋の中に入り込んで、長屋の路地を見張っていると、しばらくして小柄な若い男といっしょに、女が出てきた。湯屋の婆さんが言っていたように、やけに色っぽい。だが、やよいにある潑剌《はつらつ》とした感じはない。だらしなく色っぽいのだ。若い男のほうは、風呂敷に包んだ火燈をぶら下げている。

「あの女は……」

と、文治がつぶやいた。

「知ってるのか？」

「はい。たしか、もぐらの勘平の娘ですよ」

もぐらの勘平は、前にも名前が出た。繁三に盗みのための遠めがねをつくらせた男である。すでに首を斬られ、この世の者ではない。

「名前はおみつというらしいぜ」

さきほど長屋の住人に訊いておいたのだ。

「ああ、そうだったかもしれません」

「そうか。もぐらの勘平の娘か」

もぐらの勘平については、竜之助は何も知らない。

だが、この殺しの全体は見えた気がした。

繁三は、職人の技を活かした悪事を強要されていたのだ。つまり、使うと火事になる火燈をつくらされ、怖くなってその計画を奉行所に洩《も》らそうとしていたのだった。

だまされてつくった発火装置。いや、本当にそうなのか。じつは、今度の火燈も、以前の遠めがねも、うっすらとは使い道も想像がついていたのではないか。

「あんたがほんとは知ってたこと、奉行所に言うよ」

もぐらの勘平の娘からそう言われたら、繁三としたら断わることはできない。

もともと使い道なんてどうでもよく、つくりたい品を勝手気ままにつくり上げてきた。

「親子二代に利用されてたってことか」

「そうなりますね」

「どこかできっぱり腐れ縁を断ち切るわけにはいかなかったんだろうか」

「それが難しいみたいですぜ。あの連中には」

いや、あの連中に限らない。過去のしがらみをすっぱり断つのは誰にだってかんたんなことではないだろう。このわたしにしても……。

「あの火燈を、どこかに持って行くのでしょうか?」

と、文治が訊いた。

「そうだろうな」

だが、あの火燈は使いはじめてしばらくすると、知らないうちに油が漏れ出し、火事を引き起こすのだ。もちろんそれが狙いだろう。

おみつたちは鎧ノ渡しを使うのかと思ったがそうではなく、もうすこし西に進んでから河岸のところに立った。

「くそ。船に乗り込むのか」

竜之助はうめいた。

「福川さま、船だと追いかけるのも難しいのでは?」

そうなのだ。どこに火燈をおさめるつもりなのか、確かめたかったが、それは難しいかもしれない。

「しょっぴくか」

「そうしましょうよ」

竜之助と文治、それから下っ引きが囲むように、女のそばに立った。

「あ……」

おみつの顔色が変わった。町方の者とは一目でわかる。

いっしょにいた男は、文治が十手を見せただけで腰が砕けたようになった。まだ若く、十五、六くらいにしか見えない。

「その火燈、誰におさめるつもりなんだ?」

「へっ。大きなお世話だよ」

「危ねえ火燈だもんな。ずっと使うと火が出るんだぜ」

「なんで、それを?」

おみつはぎょっとして訊いた。

「繁三がつくったのと同じもので試してみたんだよ。繁三は脅されたかして、この仕掛けをつくった。だが、怖くなって、奉行所に訴え出ようとしたため、あんたたちに殺されたってわけだ」

「そこまで……」

おみつの足が震え始めている。手で支えていないと、倒れるかもしれない。竜之助はそっと女の肘のあたりに手をかけた。

「触るんじゃねえよ」

と、おみつが凄んだ。

「大丈夫なのかい？」

「大丈夫かって。それはこっちの台詞《せりふ》だよ。おめえらの時代は終わるんだから」

おみつは鋭い目で竜之助を睨んだ。おやじのことだけでなく、さまざまな恨みつらみを抱えこんだような目つきだった。

船が寄ってきた。

猪牙舟《ちょきぶね》よりは大きく、安易なつくりだが屋形もつけられている。船頭は何かを察したらしく、こちらには船をつけず、そのまま通り過ぎた。

「伊集院《いじゅういん》さま」

おみつが愕然《がくぜん》としてつぶやく声が聞こえた。


「おう、福川、聞いたぞ。いい働きをしたらしいな」

奉行所の廊下を歩いていると、後ろから肩を叩かれた。奉行の小栗忠順だった。小栗はそんなふうに、部下にも気軽に声をかける。

「いや。まだ、終わってませんので」

立ち止まって、竜之助は言った。

「ほう、そうなのかい？　下手人はあの女で、若いやつはただの紐みたいなものだと聞いているがな」

「いえ。あの火燈をどこに持って行こうとしていたのか。そこまで突き止めないと解決とはいかないのでは」

「ああ、そっちか。だが、それは難しいぞ」

と、小栗は声を低めた。

「女は伊集院という名を呼びました。薩摩《さつま》の名でしょう」

「そうらしいな。だが、本当の名かどうかはわからぬぞ。脱藩した浪士たちは、みな偽名を使っているからな」

「そうですか」

「だいたい、町奉行所の手が及ばぬところが多すぎるのだ。在任中になんとかしたいが、こんな時代だ。さて、どこまでやれるか。上のほうは覇権《はけん》争い。民はそのとばっちりをこうむるばかり。若さまが……」

小栗はそう言った。

「若さまが、世の中枢《ちゆうすう》に出たがらない気持ちもわかる気がしますな」

八

三日後は、竜之助の非番の日だった――。

非番になると、よほど天気がよくないときは別にして、竜之助は江戸市中を歩きまわっていた。物見遊山でもあり、同心の修行でもある。町人たちがいきいきと暮らすさまを眺め、町人たちの楽しみを味わうことで、世間を学んでいるつもりである。もちろん、机上の学問とちがい、こっちはやたらと楽しい。

この日は小石川《こいしかわ》を抜け、関口《せきぐち》から高田馬場《たかだのばば》のほうへ足を伸ばした。

面影橋《おもかげばし》という橋があるという。

なんということはないと聞いてはいたが、どことなく心が動いた。

来てみて、あまりに小さな橋で驚いた。下を流れる水に、いとしい人の面影が映ったのだという。小さな流れで、いまは水のきらめきしか見えていない。

人けはほとんどなかった。

ところが、いつの間にか前に立ちはだかった男がいた。

――これか。

竜之助は、男を一目見て、そう思った。

徳川家にひそかに伝わる新陰流の極意を知るため、そして自らの新陰流こそ最強の剣であると証明するため、さまざまな敵が襲いかかるだろうと注意を促されてきた。

そして、その敵が現れたのだ。

「徳川竜之助さまですな」

「人違いだろ。おいらは福川竜之助ってもんだ。八丁堀で同心をしてるぜ」

「お戯《たわむ》れを」

と、男は笑い、刀を抜き放った。

同時に大きく踏み込んできて、刃は竜之助の額をかすめた。剣が伸びてくる。あと一瞬、のけぞるのが遅れたら、いまごろ頭の半分ほどを失っていた。

竜之助も踏み込み、居合抜きを試みた。

敵はこれに合わせた。火花が飛んだ。橋が揺れた。

「踏み込みはいいな」

敵は竜之助の剣を評した。

同時に下がるかと見えて、くるりと転回し、予測とはちがう場所から剣が横に走ってきた。これは合わせにくかったが、竜之助も後ろに転回しながら、この剣をうけた。はずみで剣が折れることもあるので、まともにはうけたくない。だが、うけざるを得ない。それほど斬り込みは鋭い。

めまぐるしく交叉《こうさ》し、激しい剣の応酬《おうしゅう》がつづいた。小さな橋がぎしぎしと崩れるかと思うくらいに揺れる。

同じ新陰流で、鏡と戦っているような気が一瞬した。

だが、やはりちがう。

「肥後新陰流」

と、竜之助は言った。

「わかるか」

「わかる。かつて、家康公が匹夫《ひっぷ》の剣として遠ざけたそうな」

そう言って、柳生の新陰流を選んだのである。

「それを言うか」

怒りが加わった。

「葵《あおい》新陰流の真髄が見たいのだな」

「見るだけではないぞ。それを倒す」

「わかった」

竜之助は刀を青眼からゆっくりと斜めに引いた。

「いくぞ」

どこからか風がやってきて、刃のあたりで渦を巻くような音がした。

小佐野金蔵が、道のわきの畑に幹を切られた樹木のように倒れこむのを、三人は呆然《ぼうぜん》と見つめていた。

「嘘だろう」

と、熊がつぶやいた。

「いまの勝負、てっきり小佐野が勝ったかと思った」

「わしもそう見た」

桂馬が言い、

「わたしもだよ」

うどんもうなずいた。

「なぜだ」

わからなかった。

二つの剣は交叉した。先に小佐野が動いた。踏み込みもよかった。

だが、倒れたのは小佐野だった。

「奇妙な剣だ」

熊が呻《うめ》いた。

肥後新陰流にはない、まさに徳川家にのみ伝えられた剣なのにちがいない。

徳川竜之助が遠ざかっていく。勝者の誇りも昂《たか》ぶりも感じられない、むしろどこか寂しげな後ろ姿だった。

「ただ、あのとき、風の音が強くなったような気がした」

「わしもだ」

「空耳《そらみみ》ではなかったのか」

三人は、面影橋の上に出て、もう一度、さきほど聞いた気がした風の音に、耳を澄ましつづけた。

第二章　夕暮れくぐつ師

一

「のんびり歩いて帰ります」

そう言って、徳川竜之助は、矢崎三五郎の一行と浅草寺《せんそうじ》の門前で別れた。

――こんなところも、変わったやつと評判を立てられている理由なのかもしれない。

だが、竜之助は、江戸の町を一人で歩きまわるのが大好きなのである。

まずは浅草寺の境内を一回りした。夕暮れが迫りつつあるのに、まだまだ物見遊山の人たちで賑わっている。境内に漂う線香の煙が、夕暮れと同じような色をしていた。

そのあと、広小路《ひろこうじ》を本願寺《ほんがんじ》のほうへと進み、すこしわき道に入り、しばらく歩いて足を止めた。

ここらは浅草阿部川町《あさくさあべかわちょう》である。

寺に囲まれた町人地で、日本橋や神田周辺の町人地とはいくらかおもむきが違う。大きな店は少なく、長屋が多い。まさに庶民の町である。だが、単にごちゃごちゃしているのではなく、しっとりした暮らしの匂いが感じられる。竜之助が大好きな町である。

といって、武家の町が嫌いなわけでもない。町人地よりも土地にゆとりがあるので、緑が多く、清潔である。

ただ、とりすまして冷たい感じがするところが難点で、たとえば武家地で斬られて死んだりすると、二日くらいは放っておかれそうな気もする。斬られるなら町人地のほうがいいのではないか。

町の東側を新堀川《しんぼりがわ》と呼ばれる細い川が流れている。

真っすぐに伸びた人工の堀だが、下流は鳥越川《とりごえがわ》から大川《おおかわ》へと通じ、そう大きくなければ船も通うことができた。

この川に架かった小さな橋の上で立ち止まった。

疲れているわけではない。少なくとも身体は疲れていない。忙しいのも、憧れていた仕事で忙しいのだから、心の疲れもない。毎日が面白くて仕方がないくらいである。だから、立ち止まって、ゆっくり風景を眺めるというのは、昔からいである。

——子どもの頃からの癖のようなものだった。

竜之助はとくに、川を眺めるのが好きである。周囲のたたずまいも好きだし、さまざまな船が上下する光景を眺めるだけでも飽きない。いま、新堀川の流れを見ると、ゆっくり逆流している。このあたりまで大川の潮入りが影響しているらしい。橋の手すりにもたれ、うす暗がりに包まれはじめた水の流れを見やった。

竜之助は、しばしばそんなふうにぼんやりしてしまうときがある。

遠い思い出の中に沈みこんでいくような気がする。

では、どんな思い出かというと、それはわからない。頭の中に、思い出したいのに思い出せない一画がある。そんな感じなのだ。

——ん？

ふと、視界の向こうに妙なものが現れた。

頬に黒い線を三本ずつ描いてあるのは、たぬきの顔に似せたつもりらしい。胸のところには一尺四方くらいの箱を下げていて、その中には犬のような猫のようなけものが入っている。おそらく本物ではなく、手を使って本物のように動かすのだ。

子どもが集まってきて、箱の中の生きものらしきものに顔を近づけた。

——あれは、何と言ったかな……。

人形遣い？　いや、くぐつ師といったか。

人形浄瑠璃《じょうるり》のような上品なものでも、のぞきからくりのように大仕掛けでもない。こう言ってはなんだが、かんたんな道具があれば、誰にだってできる。子どもだましと言ったら身もふたもないが、素朴で奇妙な味わいがある。

竜之助だって、子どものころにこうした人と道端で出会ったら、ついつい目を輝かせて見入ってしまったことだろう。

だが、子どものころにくぐつ師など見たことがあるはずはない。外には出してもらえなかったからだ。一時期、下屋敷のほうで暮らしたこともあったが、そのときも町の中はほとんど見ることができなかったのではないか——。

くぐつ師が唄をうたいながら、川べりを下流のほうに歩き出した。

子どもが数人、踊るようなしぐさをしながら、あとを追いかけて行った。

二

くぐつ師を見かけた数日後――。

徳川竜之助は本郷《ほんごう》へ行くため、八丁堀の役宅を出た。

本当なら今日は非番であり、向島《むこうじま》のほうまで足を伸ばそうと思っていた。三囲《みめぐり》稲荷《いなり》へはまだ参詣《さんけい》していないし、その先の長命寺《ちょうめいじ》の門前では、すばらしくうまい桜餅を売っているどという。それもぜひ食したかった。

ところが、昨日、帰ろうとしていたとき、与力の高田九右衛門に声をかけられたのだ。

「ちと、おぬしに頼みたいことがあってな。明日は非番だろ」

「は」

すでに調べていたのだ。こういうときは、だいたいが断われない。

「四つ（午前十時）くらいでいいから、本郷二丁目の薬種問屋《やくしゅどんや》〈讃州屋《さんしゅうや》〉まで来てくれ」

「そ、それは」

「待っているぞ」

言い訳が間に合わなかった。

嫌な予感がする。たぶん、ろくでもない頼みごとに決まっている。同心の仕事は、単純に悪党を追いかけるだけではない。こうした人づきあいのようなことも仕事に組み込まれている。それは、最近になってつくづく感じることだった。

——ま、話だけは聞いてやるか。

竜之助は、お人よしのうえに、諦めも早い。これが面倒ごとに巻き込まれる大きな要因だというのには、まだ気づいていない。

楓川にかかった海賊橋《かいぞくばし》に差しかかったときである。

「おや」

「あ」

「狆海《ちんかい》さん」

「福川さま」

小さな友だちとばったり出くわした。

狆海は、ひと月ほど前に起きたできごとで知り合った小坊主である。本郷の大《たい》海寺《かいじ》という寺で修行中の身なのだ。

この寺で、毎月十五日に座禅を組むことになったのも、狆海との友情のためだった。だが、座禅の日はまだ先である。

「どこへ行くんだい？」

「じつは福川さまのところに相談に行こうかと」

「おいらの家は知ってたっけ？」

「いえ、でも八丁堀で福川さまのお宅を訊ねたらわかるだろうと」

「そいつはどうかな」

竜之助は首をかしげた。なにせ南北両奉行所合わせて三百ほどの役宅が並んでいる。しかも、竜之助などは新米の見習いで、いきなり出現した家なのだから、ほとんどは知らないはずである。

「だが、ここで会えてよかったよ。じゃあ、ちっとおいらの家に寄って行こう。覚えといてくれたらいいし」

「お出かけになるところだったのでは」

「いいんだ。ちっとくらい遅れても」

竜之助の役宅は北東のはずれ、霊岸橋《れいがんばし》の近くにある。たいがいの同心は百坪ほどの土地が与えられているが、ここは角地になるため七十坪くらいしかない。それでも竜之助は、狭いなんて感じない。北の丸の田安家の屋敷は、一万三千八百坪あったが、重苦しく、小さくなって暮らしていた。七十坪の役宅では、誰にも気がねすることなく、のびのび暮らしている。

出て行ったばかりでもどってきたものだから、

「まあ、若さま。お具合でも？」

と、やよいが心配そうに訊いた。

「そうじゃねえさ。そこでばったり友だちと会ったんだよ」

「あら」

慌てて部屋を片付けようとしたやよいを、

「いいんだ、気のおけねえ友だちだから」

と言ってとどめ、後ろに声をかけると、

「はい」

と、狆海が顔を出した。

「まあ、かわいい」

やよいが目を丸くした。

「見かけはかわいくても、おいらの座禅の師匠だぜ。大海寺の狆海さんだ。ほら、上がって、上がって」

狆海を奥の間に通した。

やよいはすぐに、お茶とお菓子を持ってきて、

「どうぞ、和尚《おしょう》さま」

「ええとですね、和尚はほかにおりまして、わたしはその下の僧なんですよ」

「でも、いずれは和尚さまね」

「それは、そうですが」

と、胸を張った。

「素敵な和尚さまになられますよ」

「そうですか。嬉しいです」

やよいは用があるとかで途中で出かけることになった。

「じゃ、狆海さん。また、いらっしゃってね」

「はい。ぜひ」

狆海はぼんやりしてしまった。

「ちっと変わった娘だろ」

「変わってるだなんて……なんか、うまく言えませんが、華やかでふわふわっとした感じの人ですね。色に喩《たと》えると、桃色とか蜜柑《みかん》色とか……」

「それって、色っぽいってことかな」

「まあ、そうです」

「それが悩みの種でな」

と、竜之助はにやりと笑った。

「ご新造さまですか？」

「ちがうさ。誤解しないでくれよ。ところで、狆海さん、話というのは？」

「あ、そうそう。そのために来たのでしたっけ。じつは、うちの和尚さんが悩んでいるのです。どうも、また女に惚《ほ》れたみたいなんです」

大海寺の和尚は、雲海《うんかい》といい、口がよく回るため、近所では「ぺらっちょ坊主」などと綽名《あだな》をつけられている。よくしゃべるわりには、「徳をまるで感じさせない」なんて評価も得ている。

だが、妙に気がおけないところはあるので、徳とまではいかなくとも、長所の一つか二つは持っているのではないか。

「またかい。たしか、頭を丸めたのも女にふられたのがきっかけだったよな」

「はい。たてつづけに三人」

「そのあとも？」

「わたしがあの寺に入ってからももう……」

と、指折り数え、

「六人目ですよ」

「凄いな」

「福川さま。女の人をくどき落とすって、そんなに大変なことなんでしょうか？」

と、狆海がまさに人生の深淵をのぞくような顔で訊いた。

「おいらにそのへんのことはな……」

と、竜之助は困ってしまう。

「でも、それだけふられてるってことは、今度もいつものようになるだけだから、とくに心配はいらねえんじゃないのかい。だいいち、和尚は大人だもの。別に狆海さんが心配することたぁねえだろ」

「ところが、相手というのがけっこう悪い女みたいなんです」

と、狆海は眉を寄せ、声を低くした。

「悪い女？　なにをしてる人なんだい？」

「手妻《てづま》遣いです。なんでも、両国《りょうごく》あたりの見世物小屋みたいなところで手妻を見せたりしてるそうです」

「へえ。だったら、別に悪い女とは限らねえだろ。やたらと人を疑ったりしちゃかわいそうだぜ」

「それが、うちの寺に来たとき、小さな金の鉦《かね》叩きをすばやく袂《たもと》に入れるのを見てしまったんです。まあ、鍍金《めっき》だからよかったのですが。その慣れた手つきから、この人は手妻遣いのかたわらスリをしてるんじゃないかって思ったんです」

「へえ」

狆海の目は侮れない。前にも寺に出入りする者の怪しい行動を見破って、竜之助に事件解決のきっかけを与えてくれた。

「あれでお寺というところは、古いお宝や、お布施のお金など、悪いやつが目をつけようと思えばいろいろありますので」

「たしかにな」

「それで、お願いなのです」

「あいよ」

狆海が言いやすいように、軽い調子でうなずいた。

「その女と今度、会ってみてくれませんか？　町奉行所の同心をしている人が親しい知り合いだとわかれば、あの女もそう悪いことはしないと思うんです」

「そんなことは、お安い御用さ」

「ああ、よかった」

狆海はようやく安心したらしく、やよいが置いていった饅頭《まんじゅう》を、うまそうに食べはじめた。


四半刻（三十分）ほど遅れて本郷の讃州屋に着いた。

本郷台の上を抜けていくこの道は、駒込の追分《おいわけ》で中山道《なかせんどう》と日光御成道《にっこうおなりみち》とに分かれる。人通りも多く、両側には新興の大店《おおだな》がぽつぽつとできてきていた。

薬種問屋の讃州屋も、そんな店の一つらしく、いまふうの意匠の大きな看板が軒先に掲げられている。貴重な薬種を卸しているほか、ここでつくった人気の薬がある。酒飲みに効く《き》〈快肝丹《かいかんたん》〉と、腹が重苦しいときに効く〈弁慶丸《べんけいがん》〉である。薬など飲んだことがない竜之助も、この二つの薬の名前だけは聞いたことがあった。

竜之助が顔を出すと、

「これは、福川さま。ようこそお越しくださいました」

と、あるじの讃州屋与左衛門《よざえもん》が土間にまで下りてきて、挨拶をした。眉毛だけはやたらと立派で、これだけ見ると、富士山のてっぺんあたりに現れる山賊でも思い浮かべるほどだが、ほかは大店にはふさわしくない小さな造作である。背も小柄で、立ったまま頭を下げられると、長身の竜之助は、姿を見失ってしまいそうだった。

「ささ、こちらに」

土間づたいに奥へ行き、蔵を過ぎた途中で雪駄《せった》を脱いだ。大店は京都に限らず、ここも奥に長い造りである。

「こちらでございます」

店のいちばん奥なのか、離れのようになった部屋である。庭はそう広くはないが、池と巨石が複雑に配置され、はるか上空から大地の凸凹《おうとつ》を見下ろしているようなおもむきである。その向こうは竹垣で視界がさえぎられてあった。

「よう、福川、よく来てくれたな」

高田九右衛門はだいぶ前から来ていたらしい。

いい顔色をしている。

膳の上に、飲みかけの酒瓶がある。黄色い色の酒である。おそらくぶどう酒ではない。アメリカの酒らしい。

　あらためて挨拶をした讃州屋が、

「じつは、倅がさらわれまして」

　と、小さな悩みごとでも相談するような口調で言った。

「さらわれたぁ？」

　酒など飲んでいる場合か。竜之助は呆《あき》れた。

「おぬしは妙な事件が得意だと聞いたのでな」

「妙な事件って……。子どもがさらわれたのでしょう？　奉行所には？」

「まだ、何も」

　と、讃州屋が首を振った。

「これはこんなところで話してるより、奉行所に行くべきでは？」

「奉行所には何も言わなくてよいのだ」

　と、高田が言った。余裕のある口ぶりが憎々しく思えてしまう。

「そういうわけには」

「よい。これが殺されたとかの話になれば、奉行所が動かざるを得ない。だが、無事だというし、下手に騒ぐとかえってまずいことになる。だから、おぬし一人で、大げさにせず解決してくれ」

「どういうことですか？」

竜之助は落ち着いて、くわしい話を聞くつもりになった。

「いなくなったのは、手前どもの一人息子で長一郎《ちょういちろう》といいます。三日前のことです」

「おいくつですか」

「九歳です」

小坊主の狆海と同じ歳である。狆海は大人顔負けだが、子どもによってずいぶん違う。

「そのときは、稽古ごとの途中でした。俳諧《はいかい》の師匠のところから、三味線《しゃみせん》の稽古に向かう途中でいなくなりました」

「俳諧から三味線ね」

ずいぶん幅広いお稽古ごとである。

「手習いのほかにも七つほど習いごとをさせていますので」

「一人で行くのですか？」

「いいえ。だいたいは婆やと小僧が付き添います。ただ、俳諧の師匠というのは、このわきの道を十間ほど入ったところにおり、三味線の師匠はその斜め前です。

ほとんどお隣りと言ってもいいくらいで、このときは付き添いはいませんでした」

それは誰でもそうするだろう。

「ところが、その斜め前に行く途中で、くぐつ師と会い、そのままどこかに連れ去られたようなのです。あとをついていくところは、それからすこし先の、漬物屋の小僧が見ていました」

「くぐつ師……」

阿部川町で見たくぐつ師のことを思い出した。一瞬、同じくぐつ師かと思ったが、くぐつ師などは江戸に大勢いる。浅草から本郷まで足を伸ばすようなことはない。

「いつごろですか」

「七つ（午後四時）時分です」

それならまだ明るい。

「人通りはあるし、大声をあげたら聞こえるような近所だし、さらわれたというのは解《げ》せませんね」

「そうなのです」

「下手人からは？」

「はい。その日のうちに、投げ文がありました。しばらく預かる。危害を加えることはないから、心配するなと」

そう言いながら、その文をたもとから出し、竜之助に見せた。一字ずつていねいに書いたらしい文字が、行儀よく並んでいた。子どもが書いた字のようにも見える。

「さらに、翌日には、長一郎自身が出店《でだな》のほうに顔を出して、『おとっつぁんには無事だから心配しないでと伝えてくれ』と、伝言を残していきました」

「本人がですか？」

と、竜之助は驚いた。

「だから、奇妙な事件だと言ったではないか」

わきから高田九右衛門が、なんだか自慢するような口調で言った。

「ううむ」

竜之助は唸《うな》った。腕組みもした。たしかに奇妙ではある。一刻を争うという事態ではないのかもしれない。

「その長一郎さんは、見知らぬ人のあとをついて行くような性格なのですか？」

「さて、それは……」

讃州屋は口ごもった。

しばらく考えている。

――倅の性格がわからないのだ。

竜之助はじっと見つめた。背筋が寒くなるような思いもあった。

たしかに身近な者の性格は意外にわかりにくかったりする。期待するものが大きすぎて、実態と異なる見方をしたりする。田安家の用人の支倉などは、子どものときから竜之助を見ているはずなのに、完全に性格を誤解している気がする。

とくに、立身出世などに興味がないということが、まるで理解できないらしい。

だが、この讃州屋の場合は、それとも違うらしい。どうも、子どもの性格など、考えたことすらないようなのだ。

「女房は、そんなはずがないと申しておりました。あの子が知らない人のあとをついて行くはずがないと」

やっとそう言った。

――おいおい、女房かよ。

と、竜之助は思った。おいらは、あんたの見方を訊いたんだろうが。

「なんのために連れ去ったのか、思い当たるようなことは？」

竜之助はさらに訊いた。

「金でしょう。金に決まっています」

と、今度はすぐに言った。

「では、身代金の要求が？」

「いや。まだですが、まもなく来るはずです」

「ここらは、ぐつ師は多いのですか？」

「いいえ。このあたりにはほとんど来てなかったのです。だが、ここんとこ急に今まで見かけなかったぐつ師が何人か現れるようになっていたそうです」

「ほう」

ということは、相手も一人ではない。何人か仲間がいるのだ。

そういえば、その長一郎の母親はどうしたのだろう。心配のあまり寝ついているのだろうか……。

そんなことを思ううち、手代がやってきて、

「おかみさんがもどられました」

と、言った。

出かけていたらしい。

「ただいま、もどりました」

きれいな声とともに女が入ってきて、

「深川八幡《ふかがわはちまん》が子どもを捜してくれるという評判を聞いたものですから」

と、讃州屋に言った。

ちらりと見て、竜之助は内心、驚いた。若いのである。若くて、美しい。

「どうだ、驚いただろう。あんまり若くて、きれいなので」

と、高田九右衛門が無遠慮に言った。

「後妻《ごさい》でも、妾《めかけ》でもないぞ。ちゃんとした女房だ。旦那は五十五。女房は二十五。この讃州屋は、商売が大きくなるまで、女には目もくれなかったのだ。まだ、それくらいでないと、一代でここまでの店はできぬのさ。なあ、讃州屋」

「恐れ入ります」

讃州屋が頭を下げると、女房も生真面目そうにうなずいた。

「というわけで」

と、高田が声を大きくした。

「ここは骨を折ってみてくれ。なに、解決の暁《あかつき》には、いろいろ便宜をはかるぞ」

「いえ、そのようなことは結構です」

竜之助はきっぱりと言った。

「なんとか助けてください」

讃州屋の女房がそう言うと、見る見るうちにまぶたをふくれさせ、大粒の涙が頬を伝わって落ちた。

三

「ああ、本郷の讃州屋ですかい」

と、文治が言った。

奉行所には黙っているとしても岡っ引きには助けてもらうと、高田には言ってある。高田としては、竜之助一人で動いてもらいたいようだったが、そうはいかない。

その日のうちに、岡っ引きの文治の実家である寿司屋〈すし文〉の隅で、くわしい打ち合わせをすることにした。いまは昼飯どきの客も去り、店の中もひっそりしている。

「知ってたかい」

文治の縄張りはいちおう外神田界隈《かいわい》である。同心が手伝えと言えば、芝だろうと深川だろうと出張っていくが、地元の岡っ引きにはいい顔はされない。それでも、本郷あたりは隣り町といってもよく、目も届いているらしい。

「それはもう。あそこはまだまだ大きくなると評判ですぜ。ひそかに蘭方の薬も準備しているというわさもあります」

「ほう」

あの旦那は倅の性格は知らなくても、商売のことは先々まで読んでいるらしい。

「身代金の要求はまだなんですね」

「ああ。まだだな。金ならいくらでも出すとほざいていたが、その金の出しようがねえ」

「では、まずはうちの下っ引きに讃州屋を見張らせましょう」

「そうだな」

讃州屋がいちはやく奉行所に報《しら》せていれば、投げ文を入れたときにそいつを捕まえることができたかもしれないのである。

「だが、言ってくるかね」

と、竜之助は首をかしげた。なにか、身代金目当ての、ふつうのかどわかしとは違う気がするのだ。

「こなかったら、かえって面倒ですぜ」

「だろうな。だが、とりあえず、くぐつ師を当たってみようや」

と、竜之助は立ち上がった。

文治に会う前に、竜之助は本郷二丁目でいろいろ話を聞いてきた。それによれば、急に来るようになっていた数人のくぐつ師が、昨日からふたたび姿を見せなくなったという。つまり、讃州屋の長一郎を連れ去るためだけに、あの界隈に出没していたことになる。

また、最後に長一郎を見かけた漬物屋の小僧の話によれば、そのくぐつ師は白塗りの顔をした見かけないくぐつ師だったらしい。

文治につれられ、湯島天神《ゆしまてんじん》の下にある門前町に行った。ここの裏長屋に、文治が知っているくぐつ師がいるという。

「あっしの幼なじみなんですよ。変わったやつでね、おとっつぁんが町役人もやっていたくらいの大きな旅籠屋《はたごや》でしたが、商売が嫌いで、弟に身代《しんだい》をゆずってくぐつ師になっちまったんで」

「へえ」

「いいやつなんですがね」

路地をくぐり、さらに横の路地を入る。

恐ろしく汚い長屋の前に出た。

「いるかい？」

障子の破れ目をのぞきながら、文治が訊いた。穴がいろんな紙でふさがれているので、障子というより落ち葉が積もった地面のように見える。それでも次々に新しい穴ができているようで、穴の力というのはたいしたものである。

「あいよ」

返事がして、文治は戸を開けた。

「馬《うま》さん。ひさしぶりだね」

「おう。文ちゃんじゃねえか」

上品な、甘い顔立ちの男で、若旦那と呼ばれてもおかしくはない。

「こちらは同心の福川さまだ」

「あ、どうも」

同心を見ると、こそこそする者もいるが、馬さんは自然な態度である。

「ちっと訊きてえんだが、あんたは本郷二丁目のほうには行くのかい？」

「本郷二丁目かい。そりゃまあ行かねえこともねえが、あそこらはあんまり実入りもよくねえからさ」

新興の大店が多いところは、だいたいそうしたものだという。

竜之助は讃州屋で起きたできごとをかんたんに語った。

「白塗りにしたくぐつ師？　それは知らねえなあ」

「仲間にはいねえかい？」

「仲間ったって、あっしらはいい加減ですからね。皆、適当に気が向くままにやっているだけでさあ」

「元締めのような人は？」

「くぐつ師にはいねえでしょう」

元締めが動員をかけたりすることも不可能なのだ。だが、長一郎を連れ去ったくぐつ師には、仲間がいるはずなのだ。

「でも、そいつはほんとにくぐつ師ですかね。なんか違うような……」

と、馬さんは言った。

「なんでそう思うんだい？」

「白塗りってのがどうもね。そんなことしたら、手間がかかりますでしょ。くぐつ師なんてのは、手間なんざかけるのは面倒だってやつばかりですよ。どうも、そこらがおかしいですね」

「偽者かね」

「まあ、くぐつ師なんてえのは、誰でも化けられますから」

「そうかね」

「そうでしょ？」

竜之助はそうでもないような気がした。

「じゃあ、馬さんの知り合いのくぐつ師はいねえんだね」

「いや、いますよ。小石川の富坂町《とみさかちょう》ってとこに、乙次郎《おとじろう》っていう若いくぐつ師がいます。こいつもおいらといっしょで、親のあとを継げなかった怠け者です」

竜之助は、文治といっしょにそのもう一人のくぐつ師を訪ねた。

小石川富坂町というのは、湯島天神の門前町から切通《きりどお》しを上がり、本郷台を越えて反対側になっていた。

「そこらで、またぐろ長屋と訊けばわかりますよ」

と、言われたのだが、その名を出すのも恥ずかしいような名前である。

だが、たしかにすぐにわかった。

ここも馬さんの長屋に負けず劣らず汚い長屋である。

「乙次郎さんはいるかい」

と、声をかけると、

「なんでえ。店賃《たなちん》なら出せねえよ」

若い男がのっそりと顔を出した。二十代なかばほどの、さっきの馬さんもそうだったが、柄《がら》の悪さはまるで感じさせない男である。

「悪いな、店賃じゃねえんだ。馬さんに聞いたんだがね」

「ああ」

中に入れてもらい、上がり口に文治といっしょに座った。奥にぼろぼろになった布団が重ねてあり、そのわきの小箱から、たぬきらしい毛皮が見えている。これは商売道具だろう。

「本郷二丁目のほうには行くかい？」

「そりゃあ、行きますが、あそこらはケチな旦那衆ばかりだからね」

と、馬さんと同じことを言った。

ここでもかんたんに讃州屋のことを話した。

「なんでえ、お調べですかい。ご覧のとおり、ガキなんざいませんぜ」

狭い四畳半には隠れるところもない。

「ところで、あんたも親は別の商売だったそうだね」

「そりゃあ、旦那。親代々のくぐつ師なんてえのはいませんや。怠け者だとか、駄目な野郎だとかがしょうがなくてやる商売なんですよ」

「言っちゃ悪いが、子ども相手で金にはなるものなのかい？」

と、竜之助は訊いた。巷《ちまた》には竜之助がよくわからない商売が多い。くぐつ師もその一つだった。

「そりゃあ、いろいろです。子どもを騙《だま》すようにして小銭をかせぐやつもいれば、大人がくれることもあるんです。子どもを喜ばせてくれたお礼だと」

「なるほどな」

「だが、それだって大金をくれるわけじゃありませんぜ。ほんのちっとです。なにせ、それで蔵でも建てようなんてやつはいませんから。みんな、明日は明日の風が吹くってお気楽なやつばかりですよ」

ひとまず話を切り上げ、外に出た。

陽は落ちかけていて、水戸家の塀沿いの道は日陰になり、早い夕闇が忍び寄っていた。腕組みをしながら歩き、ときおり足を止めた。そんな竜之助を、文治が面白そうに眺める。

「福川さま。やっぱりくぐつ師のことが気になるみたいですね」

「そうだな」

「あっしは、誰かが化けただけだと思いますがね」

「それはどうかな」

なぜか、気になるのだ。もしも自分に剣がなかったら、どこかであした人たちにも憧れを抱いたのではないだろうか。

親代々のくぐつ師なんてのはいませんよ。あの言葉が耳に残っていた。だから、選んでなった仕事なのだ。武士も、百姓も、商人も、職人も、ほとんどが親の身分や仕事を継ぐ。むしろ、継がざるを得ない。だが、あの連中はくぐつ師という仕事を選んだのである。

乙次郎は、明日は明日の風が吹くと言った。身軽で気楽そうな言い方だった。偉くもなれなければ、儲けも期待できない仕事だけれど……。

遅くなってから八丁堀の役宅にもどると、狆海がきていた。朝も会ったばかりである。

「よう。狆海さん」

「お留守にうかがって申し訳ありません」

やよいと話をし、夕飯も出してもらったらしい。

「なあに、いいってことよ。なんなら泊まっていきなよ」

「いえ。和尚さんに叱られますから。それより、急な話になってしまったのですが、明日、例の女と会うことになったのです」

「ほう。たしかに急だね」

「なんでも、うちの寺で大事にしていた茶釜があるのですが、それをお浜《はま》っていうんですが、その女に貸してあげることになったのです。見る人が見れば、かなりの値打ちがあるものだそうです」

「へえ。でも、貸してやるだけなんだろ」

「わかりませんよ。和尚さんはすっかりのぼせあがっているので、貸したあとで、無くしたとか盗まれたとか言われるんだと思います」

なかなか鋭い見方である。

「それで、和尚さんがそんなのを持っているところを檀家の人に見られるとまずいので、わたしが届けることになりました」

「いつ、どこに届けるんだい？」

「明日、四つ（午前十時）に湯島天神の境内に持っていくのです」

「わかった。なんとか都合をつけるよ」

「ありがとうございます」

狆海は安心し、帰っていった。九歳の子どもが夜道を帰ることになるが、ここからなら大きな通りを行けばいいので、心配はないだろう。大人よりも機転が利く狆海だから、子どものように心配するのは失礼なくらいである。

狆海を見送り、竜之助の夕飯のしたくをしながら、

「若さま」

と、やよいがすまなさそうな顔をした。

「なんだよ」

「いま、お忙しいのは承知しておりますが、明日、一日だけお暇をいただけませんでしょうか？」

「かまわねえよ。ひと月でも、ふた月でも」

「ひどい」

「いや、冗談《じょうだん》だよ。やよいの飯を食ったら、外の飯なんざ食えねえもの」

お世辞のつもりで言ったが、内心、意外に本気なのかもしれないと思った。

「だが、一日、何するんだい？」

「ひさしぶりに母と会いたいと思いまして」

「そなたに母がいたのか？」

変な感じだった。

「まるで、ぼうふらが湧いたみたいにおっしゃいますこと」

「そういうつもりじゃねえんだが、遠いのかい？」

「いえ、麻布《あざぶ》のほうで父と暮らしております。まだまだ元気なのですが、明日は祖母の命日でして」

「やよいの母は、どんな母だい？」

「ふふふ」

いたずらっぽい目で笑った。

「なんでえ」

「わたしにそっくりなんだそうです」

「それじゃあ、わからねえよ」

「あら、わたしにそっくりだったら、どういう性格ということになるのでしょう」

「ううむ……」

やよいの性格も難しい。しかも、性格の前に色っぽさが立ちはだかる。

「まあいいや。それより、わたしの母もこの江戸のどこかにいるはずなのだ」

そう言って、山盛りによそわれた飯を勢いよくかっこんだ。

すると、やよいはぽつりと意外なことを言った。

「お母さまのことはご存じないほうがよいかと」

「え？」

「あ」

しまったという顔をした。

「そなた、わたしの母を存じておるのか？」

「若さま、いまの話は聞かなかったことになさってください」

知っているのだ……。

だが、なぜやよいが知っているのだ？

うどんは朝からずっと、徳川竜之助のあとを追っていた。非番の日らしく、同心の格好はせずに役宅を出たのに、本郷界隈を一日中、駆けずり回っていた。どちらにせよ、今日は襲撃するつもりはなかったから、それはかまわない。むしろ、徳川竜之助の身のこなしを頭に叩きこむのには都合がよかった。

相手の身体つきから癖にいたるまでを、覚えこむ。それが勝利に結びつくのだ。

明日も尾行をつづけるつもりである。いや、明後日も。そうして徳川竜之助の身体の動きが肌で感じられるようになったら、勝負をかけるつもりだった。

――たぶん、次の非番の日になるだろう。

それは六日後になるはずだった。

うどんは二人目の刺客になった。くじで決まったのである。

次が桂馬で、最後が熊になった。

桂馬まで回さずに終えたい。それには勝つしかない。

徳川竜之助を追いまわすのは楽しいことだった。いや、楽しいというより嬉しいことだった。見ていて、気持ちのいい若者だった。歳はわたしより三つほど下らしいが、あのような弟がいたら、どれほどかわいがったことだろう。

——なぜ、女剣士になどなったのか。

ふと、自分を嫌悪する感情が走った。

父が剣術の師範をしていたからだった。家に男の子がいたら、たぶん剣術はしなくてすんだはずである。男の子がなく、女ばかり四人だった。そのうち、うどんだけが剣を習わされた。

「素質が群を抜いていたからだ」と父は言ったが、本当の理由は年ごろになると気がついた。器量で選んだのだ。この器量なら、剣術をやらせたほうがいいと。身のこなしも体力も次姉のほうがはるかに上だった。

母は反対してくれなかった。

——なぜだろう。

なぜ、女の子にあんな過酷な稽古をすることを許したのだろう。わたしが喜んで武芸の修行をしているとでも思ったのだろうか。それが不思議だった。それとも父の言うことには逆らえなかったのか。いや、ちがう。姉のことで、父に反論しているのは見たことがあった。

しかも母は、試合で勝ってもとくに嬉しそうな顔はしなかった。負けたときだけは悔しそうだったが。うどんはいまでも母の気持ちがよくわからなかった。

うどんはめきめきと力をつけた。男と打ち合っても負けなくなった。

ただ、不安がないわけではない。自分の強さは、相手が女だからという油断によりかかっているのではないか。

身体が小さいことを、剣が思わぬところから出てくるという意外性に利用しているが、そんな小手先の技は、本当に強い相手には通じないのではないか。

こうした不安をぬぐうには稽古をするしかなかった。

帰って夕飯をすましたら、また、庭で木刀を振るつもりである。

「お帰り、うどん」

戸を開けると、二階からすぐに声がかかった。

「ただいま、もどりました」

飯も寝るのも二階である。うどんはすぐに二階に上がった。

「おい。顔が輝いているぞ」

と、桂馬が明るくからかった。

「惚れちゃ駄目だぞ」

熊もつづけた。

うどんは、いつもの調子で応じる気にはなれず、

「それより飯だ、飯だ」

と、おひつを開けた。

「お、竜之助のところも飯みたいだ」

桂馬がすこしだけ障子をあけ、窓の外を見て言った。

ここは亀島川《かめじまがわ》をはさんだ霊岸島の富島町《とみしまちょう》である。借りた家の二階からは、徳川竜之助の家が見えていた——。

四

湯島天神の境内を、寒風が渦を巻くように吹きすさんでいた。境内を土埃《つちぼこり》が舞い、ときおり目をつむらずにはいられない。木々は葉をすっかり落としきり、舞い上がる枯れ葉すらない。湯島天神を名所たらしめている梅の花は、開花の季節にまだ遠く、さすがに物見遊山の客は少ない。学問の神さまにとくに願いごとがあるらしい人が、ぽつりぽつりとやってくるくらいだった。

竜之助は甘酒をすすりながら、身をちぢこまらせて、縁台に座っていた。火燈のせいで厚手の羽織を買えなかったのが、ここにきて応えている。せめて日差しがあるのだけが救いで、日当たりのいい縁台を選んだ。

女が来た。きょろきょろと境内を見回し、ちっと舌打ちして、竜之助のいるあたりに来た。日当たりがよくて、風が防げそうなところはここしかない。

――この女だ。

と、すぐにわかった。

顔立ちは整っているが、派手な美人というのではない。一見、おとなしそうである。寝起きのときにでも見れば、悪女には見えないだろう。ただ、化粧がどぎついから、やはりワルに見える。もっとも、心底、相手をだましたかったら、こういう化粧はしないのではないか、やはり根っからの悪女というのでもないかもしれない――と、竜之助は思った。

女は竜之助の近くまで来て、ぎょっとしたような顔をした。黒の紋付に着流し。朱房《しゅぶさ》の十手も差している。一目で町奉行所の同心とわかるのだ。

女はまた、さりげなく遠ざかった。

竜之助はまるで知らないふりを装って、遠くのほうを眺めていた。

ほどなく狆海がやってきた。上は厚手の着物を着ていても、裾が短いのでやはり寒そうである。

「お浜さん」

「狆海。寒いんだから早くしなよ」

「はい」

風呂敷を女に渡そうとして、

「あ、福川さま」

そこで声をかけてきた。じつに上手にきっかけをつくるものである。

「おう。狆海さんじゃねえかい」

と言って、竜之助は二人のいる縁台に近づいた。

「なんだい、それは？」

「茶釜なんですよ」

と、狆海が答えると、女は目をひんむいて嫌な顔をした。手がぴくぴく動いたのは狆海の頬でもつねりたいのだろう。

「もしかして、和尚が大海寺の宝だと自慢していたやつかい」

と、風呂敷の隅をめくって中をのぞいた。

「ああ、はい。こちらのお浜さんにお貸しすることになりまして」

お浜はあわてて笑顔をつくり、

「はい。たまにはいい道具で茶を点《た》てないと、駄目かなと思いまして」

と、言った。どう見ても、茶をやる女には見えない。だいいち、これは湯をわかす道具で、これで茶を点てたりはしない。

「なるほどねえ。じゃ、大事な茶釜だ。壊したり、無くしたりせぬようにな」

と、お浜を一瞥《いちべつ》し、

「じゃあな、狆海さん」

そう言って、境内から出るふりをした。

すぐに引き返し、本殿の裏に回って、二人に近づいた。

「なんだよ。お前は余計なことをぺらぺらしゃべりやがって」

と、お浜は狆海の頭を手のひらで何度か叩いた。

「調子に乗るなよ、小坊主」

凄い剣幕である。狆海は、固まったようになっている。

だが、お浜の後ろから竜之助が出て行こうとすると、狆海は首をそっと横に振った。

出てこなくてもいいというのだ。

――まったくたいしたやつだな。

じつに感心した。あの狆海なら、震えあがって心の傷になり、夜中、小便に立つこともできないなんてことはないだろう。

「あたしゃこれはちゃんと返すつもりだよ。もらうわけじゃないんだから。それなのに同心からはあんな言われかたして。変に目をつけられた感じだし。ああ、もう、使いたくなくなった。返すから、あんた、持って帰って」

「それは困るんです」

「なんで、困るのさ。あの同心だって、ほんとは雲海さんが連れて行けって言ったんじゃないのかい？」

なかなか鋭いところもあるらしい。

「いいえ、あの方はうちの寺で座禅を組んでいて、今日はたまたまそこでばったり会っただけです」

「そうなの。でも、わざわざ風呂敷をめくったりして、嫌な野郎じゃないのさ」

お浜は急に煙草《たばこ》が吸いたくなったらしく、たもとから煙管《きせる》と煙草を出した。だが、火などあるわけがない。それでも火のない煙管を口先ですぱすぱやると、すこしは吸ったような気になるらしい。口調がいくぶんやさしくなって、

「あたしがこんなこと言ったってことも、雲海さんには言うんじゃないよ。わかったのかい？」

「大丈夫だとは思いますが、お煎餅《せんべい》を何枚か食べさせてもらえたら、このことは忘れてしまいそうな気がします」

竜之助は思わず吹き出しそうになった。

「はあ？　煎餅だって？　まったく、しょうがない小坊主だよ」

買ってくれるらしい。

だが、お浜が狆海を責めるようすを見て、もしかしたらと思うことがあった。

――讃州屋の倅もあんなふうにきつく叱られていたのではないか……。


竜之助は、しばらく湯島天神の境内で思案をつづけてから、讃州屋に長一郎の母を訪ねることにした。

手代に呼ばれた長一郎の母は、二階から下りてくると、今日は奥まではいかず、中ほどの部屋に席をつくった。

「何かわかりましたか？」

「ええ、そうですね」

と、竜之助は漠然とした返事をして、

「おかみさんは江戸の生まれですか？」

と、訊いた。ふと、言葉の訛《なま》りが気になったのである。

「いいえ、違います。信州も山深いところです」

「それではいろいろとご苦労もございましたでしょう？」

「いいえ、苦労というほどのことは……」

と、毅然《きぜん》と胸を張った。

「じつは……事実に迫りつつあるのです」

「まあ、早く捕まえていただきたいです」

「そのためには、いくつか本当のことをお話しいただきたいのです」

「なんなりと」

「子育てはうまくいってましたか？」

「え？」

かすかな狼狽《ろうばい》がきれいな顔をかすめた。

「長一郎さんの子育てには満足なさってますかい？」

「子育てというものに、満足というのがあるのでしょうか？」

「どうなんでしょうな」

この人も二十五だと言った。竜之助と同じ歳である。それがこうして一児の母として子育てをし、大店のおかみとしても切り盛りをしてきた。大変だったはずである。

「ずいぶん熱心に子育てをなさったのでしょう?」

「それはもう。あの子の下の子が、赤子のときに亡くなったりしてますので、なおさら期待をこめて育てました。それもこれも、長一郎におとっつぁんに負けない商人になってもらいたいからです」

「厳しすぎたということはないですか?」

「それは……あると思います」

「それでよかったと?」

「なにをおっしゃりたいのですか?」

と、長一郎の母が逆に訊いた。

「じつは、さらわれたのではなく、自分でついて行ったのではないか。その思いが抜けないのです。そして、ついて行った理由を考えると、どうしてもあなたに突き当たってしまう」

「自分で出て行ったとおっしゃるのですか?」

長一郎の母の眉がきゅっと斜めになった。きれいなかたちの眉だが、怖さもあふれた。

「わたしが厳しすぎたから？　それじゃ、まるで他人がよその子をいじめているみたいじゃないですか。わたしは母ですよ。たとえ厳しくても、それはあの子を思ってのことではありませんか」

それには答えず、竜之助はもう一度、訊いた。

「それでも、厳しすぎたとは思いませんか？」

「え……わたしはどう思われてもいいんです。鬼のような母だと思われようが、あの子が立派な商人にさえなれば」

たぶん、そうなのだ。子どもからしたら、怖い母なのだ。

それがなぜ、竜之助にわかったのかは自分でも不思議なのだが、この母に怖さを感じたのである。

「長一郎さんの居場所はまったく見当がつきませんか？」

「わかりません。うちの主人もわたしも江戸生まれではありませんから、ほかに身を寄せるところなどないはずです」

「わたしは、長一郎さんは、すでに自分の居場所を告げているような気がしているのですが」

「どういうことでしょう?」

「なにか、長一郎さんの部屋あたりに、いつもとはちがうものが置かれてあったとか、そういうのは?」

「あっ。もしかして……」

長一郎の母は宙を見つめた。その目がじわりと大きくなったように見えた。

「なにか?」

「いなくなる前の日もきつく叱ったのですが、ぽつりと、閻魔《えんま》さまに叱られると……」

「どういう意味でしょう?」

「わたしにもそれは……」

長一郎が叱られるのか、母が叱られるのか。あるいは、まるで閻魔さまに叱られているみたいに思ったのか。

「閻魔さまですか……」

それがほんとうに何かを指し示しているのだろうか。

「閻魔さまは、いるんです。この本郷台を西に下ったところに、源覚寺《げんかくじ》というお寺があるのですが」

「ああ」

思い出した。江戸案内の書物で読んだことがある。訪れたいと思っていて、前を通ったこともあるのだが、いつも急いでいてなかなか立ち寄れずにいる。

「こんにゃく閻魔でしたね？」

「はい。そこは幼いころから、長一郎が大嫌いなところでした。でも、わたしは怖いものに立ち向かう勇気を与えようと、何度も連れて行ったものです」

「なるほど」

うなずいて、竜之助は自分も閻魔が怖かったときのことを思い出した。

源覚寺があるあたりは、本郷の台地と小石川の台地に囲まれた谷間になっている。その谷を幾筋かの堀が流れていた。幅はだいたい六尺から九尺ほどで、船が通るには狭すぎる堀である。

ちょうど源覚寺の前に橋が架かっていて、この橋は嫁入橋《よめいりはし》と呼ばれた。

竜之助はいったん八丁堀の役宅に取って返し、同心の格好ではなく、袴をはき、暇な御家人を装った。それから逃げられたときに備え、文治もつれてきて、この橋を渡った。

長一郎の母は、先に一人で境内に来ていた。ぼんやり佇《たたず》んでいる。

竜之助と文治は参詣人を装い、大きな石灯籠《いしどうろう》の裏に腰をかけた。

しばらくして、

「長一郎！」

と、母が声を上げた。二人の男が長一郎をつれてきていた。

「おっかさん」

長一郎は一瞬、おびえた顔をした。

二人の男の片割れは、この前の乙次郎というくぐつ師だった。そういえば、富坂町はこのすぐ裏手に位置している。

くぐつ師には誰でもなれると言ったが、やはりそんなことはないのだ。道端に出て、そこで簡単な芸を披露する。それだって慣れない者にはやれない。白塗りのくぐつ師に誰か化けていたとしたら、それはくぐつ師がくぐつ師に化けたのではないかと思っていたのだ。

「どうしてこんなことを！」

「ちょっと待ちなよ……」

つっかかってくる長一郎の母を軽く制して、乙次郎の話はいきなり核心に入った。

「あのな、おれたちはさ、母親がみな、絵に描いたような母親ばかりじゃないってことはわかってるのさ。たぶん、あんたはその絵に描いたような母親になりたかったんじゃねえのかな。それで、子どものほうも、絵に描いたような子どもにしたかったんだろ」

「なに言ってるの。うちの子をさらっておいて」

「さらわれてなんかいない」

と、長一郎が言った。

「わたしが乙次郎さんにつれて逃げてくれと頼んだんだ。わたしは立派な商人になんかなりたくない。なにがお前のためだ。自分のためだろう」

「長一郎。あんた、なんてことを……」

母はいったんは激しく動揺したらしかったが、きっと乙次郎たちを睨《にら》み、

「あんたたち、この子に何を教えたんですか？」

と、言った。

「なんにも教えてなんかいませんよ。ただ、お前の気持ちはわかるよって言っただけ。おれも、くぐつ師仲間のこいつも……」

と、いっしょの男を指差した。まだ、十七、八にしか見えない男で、

「おれたちは、親の仕事を継げなかった馬鹿者だからね」

笑いながら言った。この前、竜之助が乙次郎を訪ねたとき、長一郎はこっちの男の家にいたのだろう。

「なに、わけのわかんないこと言ってんの。金でしょ、金。早く取りにくればいいだろ」

「金なんかいらねえよ。自分と同じものを他の人間も欲しがるとは思わねえほうがいい。たとえ、子どもだって……」

そこで、竜之助が石灯籠の裏から姿を見せた。

「あんたは……」

「よっ。乙次郎」

と、うなずき、

「長一郎さん。今日は家に帰ろうよ。あんたにはひとつ、行くところができたんだ。今度からは好きなときに、この人たちのところに遊びに行けるぜ」

「はい」

と、長一郎は素直にうなずいた。

「じゃあな、長一郎。いつでも遊びに来いや」

「うん」

立ち去ろうとする二人のぐつ師の背中を睨み、

「つかまえないんですか、お役人さま」

と、長一郎の母が言った。

「ああ。つかまえねえよ」

これが奉行所の仕事だったら、見逃すのはまずいが、そうではない。自分の裁量でどうにでもできる。

「あんたも早く帰って、長一郎を湯に入れてやんな。あいつらのところは心の居心地はいいかもしれねえが、かゆくてたまらねえみたいだ」

長一郎はぼりぼりと背中を掻《か》いていた。

母子は本郷台への坂道を登っていった。

その後ろ姿を見送り、

「くぐつ師ってのも面白そうだなあ」

と、竜之助は言った。

「くぐつ師がですかぁ？　旦那って人も不思議な人だねえ」

文治が十手で肩を叩きながら、呆れた声を上げた。

五

それから四、五日して——。

竜之助はふたたび讃州屋のおかみと会った。

呼び出されたのだ。

今日は、また別の茶室に招き入れられた。

ここは、この前入った奥の間の、裏手になるらしい。簡素な茶室で、煤《すす》けたような竹の花入れがあるだけである。畳などはかなり擦《す》り切れている。あるじの趣向なのか、それともこの母の趣味か。あるいは誰かが手ほどきしてくれたものなのかはわからないが、長一郎がもうすこし成長したなら、この茶室は居心地のいい場所になるような気がした。

「長一郎さんは、お稽古には行きましたかい？」

と、竜之助は訊いた。

「はい。すこし多すぎたかもしれないと思って、数は減らしました。好きなものを三つだけ選びなさいと言いまして……でも、好きなものはなかったようです」

そんなものだろう。

「それでどうなさいました？」

「三つはどうしても選びなさいと」

「なるほど」

それがいい方法なのかどうかは、竜之助にはわからない。だが、親のほうもすべてを諦めることは容易ではないのだろう。

釜から湯が移され、茶がかきたてられた。見事な手つきだった。

竜之助も、奥女中から無理やり茶をやらされたことがある。嫌でたまらず、茶などうまくもなんともなかった。長一郎の気持ちもわかるのだ。

だが、この人が点ててくれた茶はおいしかった。

「わたしは百姓の子です」

と、長一郎の母が言った。

「そうでしたか……」

では、こうした茶道《さどう》もあとになって学んだのだろう。ここまでできるようになるには、ずいぶんつらい稽古にも励んだのだろう。

「飢饉《ききん》で土地を離れ、食うや食わずで江戸に来ました。十三のときに、この店の下働きに入りました」

「はい」

「十六で母になりました」

「十六で」

「……」

そこで、長一郎の母の言葉は途切れた。

やがて、静かな声で、

「わたしがあの子にしたことを、いつか許してくれるときがくるのでしょうか？」

と、訊いた。

「たぶん……」

竜之助にも自信のある答えはない。

「たぶん？」

「人間は誰一人、完全なやつはいないってことに、いつか必ず気がつくときがくるはずですから」

竜之助が気づいたというのではない。自分に対しても他人に対しても、腹の立つことばかりである。だから、そうならなければと、思っているだけである。

「ああ、ほんとにそうなってくれたらいい……」

そう言って、長一郎の母は障子に目を向けた。黄ばんだ障子には、枯れ枝の影が映っている。

母の目から、一筋二筋、涙がこぼれはじめた。


讃州屋から大海寺は近いので、ちょっと顔を出してみることにした。

「どうだい、和尚は？」

「まだ、別れるつもりはないみたいなんですよ。どうやら、善良な女ではないと気がついてはいるみたいですが、恋心は消えないのですね」

「ほう。それは、雲海和尚はやはり人間が大きいからなんじゃないのかい」

「そうでしょうか」

狆海は苦笑いをした。

だが、竜之助はわからないと思っている。心根のきれいな人を好きになるよりも、心根の悪い人を好きになるほうがずっと難しいのではないか。

「悪い女というのは魅力があるんでしょうか？」

「おいらもよくはわからねえが、そういうのってあるかもしれないねえ」

――では、悪い母というのも魅力はあるのか？

ふと、そんなことを思った。

魅力とはちがうかもしれないが、いい面だってあるのかもしれない。そんな母は母で、子どもを大人にしたり、強くしたりといったこともあるのではないか。人間というのは、単純にいいと悪いにわけられるものではないような気がする。

――長一郎の母は、十六で母になった。

江戸の町人の娘には、それくらいで母になるのはいくらもいるが、やはり若いのではないか。

――わたしの母も……。

若かったような気がする。

竜之助に母の思い出は、ほとんどない。

やさしくて、きれいで、それこそ絵に描いたような母なのだろうか。だが、人というのがそれほど善良ではなく、たくさんの矛盾を抱えた生きものなのだから、母親だってそうそう絵に描いたような人ばかりではないのでは？　たしかくぐつ師の乙次郎もそんなことを言っていた。

――わたしは、母がどんな人であっても驚かないぞ。

そう言い聞かせた。

「ところで、狆海さんは好きな女はいないのかい？」

と、竜之助は訊いた。

狆海はたちまち真っ赤になった。

「えっとですね。好きというのとはちがうかもしれませんが、こんな女の人なら道に迷うかもと思う人は……」

ずいぶんまわりくどい言い方である。

「おいおい、そりゃ好きってことだろ。見たいなあ、狆海さんが好きになる人」

ちょっとからかってみると、

「毎日見てるじゃありませんか」

狆海はぽつりと言った。

「え？」

おいらが毎日見てる？　狆海はやよいが好きなのか？

唖然《あぜん》としていると、

「おう、狆海は誰としゃべってるのかと思ったら、福川が来てたのか」

と、雲海和尚が現れた。

手に竹刀を持っている。

「よし、福川。座禅を組むぞ」

「今日は満月ではないですが」

満月のとき、月一回ということで始めたのである。

「馬鹿者。悟りを得る機会だというのに、月一回もへったくれもあるか」

「え」

「そなたのような迷い多き男は月に一度では足りぬ。この次からは新月のときも組め」

「それはちょっと」

「うだうだぬかすな」

結局、座らせられた。狆海もいっしょである。

目をつむると、女の顔が次々に浮かんでくる。やよいの顔。お佐紀の顔。長一郎の母の顔。お浜の顔。そして、いちばん遠くに竜之助の母の顔がある。それは黒い影に隠れてはっきりとは見えない……。

「女とはなんぞや」

頭上で声がした。雲海が訊いているのだ。どこかに切羽《せっぱ》詰まった調子がある。

「は？」

「女とはなんぞや、竜之助」

自分が訊きたいのではないか。人に座禅を組ませている場合かと言いたい。

「女とは矛盾かと」

「矛盾？」

「やさしくて、怖くて、弱くて、強くて、わかりやすくて、わからなくて」

「なるほど、矛盾のう」

「和尚にも訊きたい。女とは？」

「馬鹿者！」

背中で竹刀が激しく鳴った。思わず顔をゆがめる。おい、座禅は警策《けいさく》だろうが。あの、平たいやつ……。

「よせ、人違いだぞ」

「人違いなどではない」

女が刀を抜き、竜之助ににじり寄ってきた。

ここは王子村《おうじむら》にある飛鳥山《あすかやま》である。

冬木立の中で、筑波山《つくばさん》のほうを眺めていた竜之助に、見知らぬ女が声をかけてきた。徳川竜之助であろうと。

小柄で色の白い女である。こう言っては悪いが、うどんの玉がふやけたような感じがする。

だが、剣の腕はたしかで、腰を落としながら、竜之助の右手にまわろうとするその足さばきも見事である。初めて対峙しているのに、なぜかべつの道場などで打ち合っている感じもする。こちらの身体の癖を熟知されているような。

「おいらは福川竜之助ってんだ。間違えやすい名前なんだよ」

「もうわかっている。くだらぬ戯言《ざれごと》は言うな」

下段からの剣が竜之助の胸元をかすめた。

意外なところから飛び出してくるような太刀筋である。しかし、あきらかに新陰流の太刀筋である。

「このあいだの肥後新陰流か？」

すこし違う気もするが。流派もいくつかあるのかもしれない。

「だったらどうする？」

「同じ新陰流だもの。争ったって無意味だろうが」

「無意味ではない。武芸なら、最強をめざすのが宿命だ」

「やめてくれ」

「問答無用。早く、そなたの秘剣で応じることだ」

「逃げるぞ」

「えいっ」

背中を見せようとすると、斬ってきた。

あやうく背中を斬られるところだった。

「危ねえな」

「やかましい。早く抜け」

「抜かぬ。女相手にはやりたくない」

「女ではない」

小さな身体のさまざまな方向から剣が伸びてくる。剣を抜かずにこれを避けつづけるのは容易ではない。

「武芸者なら斬るぞ」

「むろんだ。わたしは武芸者だ。戦って死ぬ覚悟もある」

それでも竜之助のためらいは消えない。どうしても刀が抜けない。

　――斬られるのか。

　そう思ったとき、竜之助の背後から小柄《こづか》が飛んで、女の顔を襲った。

　きん。

　と、短い音がして、小柄ははじき飛ばされた。

「なんだ？」

　思わず後ろを見た。やよいがこっちに突進してくるところだった。短刀を構え、女とすれ違いざま、刃をふるった。冷たい光が走り、やよいが小さく呻《うめ》いた。左の腕から血が滴《したた》っている。

「やよい……」

「この女、数日のあいだ、竜之助さまを追いかけておりました。やはり、ついてきてよかったです」

　やよいは、女の動きを警戒しながら言った。

「徳川竜之助は女に守られているのか」

　と、敵の女が言った。怒りの口調である。

「あなたも女ではないか」

　と、竜之助は言った。

「わしは女ではない」

やよいに斬ってかかった。やよいはそれを受け止めるのが精一杯で、大きく体勢を崩した。

「待て、わたしが相手だ」

「やっとそのつもりになったか」

嬉しそうに女は言った。

「見たいのか、新陰流の真髄を？　葵新陰流を？」

「真髄かどうか、確かめさせてもらうだけ」

竜之助は小さくうなずき、剣を抜き放つと、これを斜めにかまえた。刃でなにかを探すように、ゆっくり角度を変えていく。

「風鳴《ふうめい》の剣」

「ふうめい？」

「聞こえぬか、風の音が」

と、竜之助は訊いた。

「風の音？」

「そうだ」

「あっ」

女の顔に驚きが現れた。風の音を聞いたのだ。

「笛のかわりにして何になる？」

と、女はせせら笑った。

「笛のかわりではない」

「お命、ちょうだい」

女が先に踏み込み、刃が交錯した。


徳川竜之助は、この日からしばらく、誰ともほとんど口を利こうとはしなかった。悲痛な面持ちでひたすら江戸の町を歩き回った。

やよいは慰める言葉もなく、唇を噛みしめ、竜之助の身のまわりの世話をしつづけた。

第三章　毒入り芝居

一

熊と桂馬とうどんの三人が、ひと月の約束で借りた霊岸島のこの家は、もとは船宿だったらしい。二階の出窓が堀を見下ろすようにつくられている。いまは冬なので障子を閉めているが、夏などはよしずを下ろせば、日差しを防いで、川風がさぞかし心地よいことだろう。

ここを借りた当座、とくに桂馬は大喜びだった。

船宿などというのは、熊本城下ではあまり見かけない。あるのかもしれないが、桂馬のような軽輩《けいはい》の藩士には縁はない。だが、桂馬は戯作などでそういうものがあることは知っていたので、憧れていた世界に入り込んだような気がしたのだった。

——まさか、仲間の一人を失う羽目になるとは思ってもみなかった……。

それは熊も桂馬も同様の思いだった。

城下の道場主からはこう言われた。江戸に行った小佐野金蔵から、肥後新陰流でもっとも腕の立つ者を三人、寄越してくれと頼まれたと。しかも、それは藩命であると。

小佐野はかつて腕を競い合った仲で、性格はともかく、四天王と称されたほどの腕前だった。その小佐野が何をさせるつもりなのか、よくわからなかった。江戸城で大きな御前試合でも開かれるのかと、その程度の気持ちだった。

ところが、事態は予想しない方向に転がり出してしまった。

「徳川竜之助はいま出かけたぞ」

障子をすこし開け、堀の向こうの徳川竜之助の家を見張っていた熊が言った。

「どれ」

と、桂馬も立ち上がり、遠ざかる竜之助の後ろ姿を見つめた。うどんを斬ったあと、あの男はひどく元気を無くした。それから八日ほど経ったいま、後ろ姿にもだいぶ活力が戻ってきている。

「今日も付け回すのか、桂馬？」

「ああ、そうする」

とは言っても、すぐには追わない。いったん奉行所に入り、しばらく打ち合わせなどをしてから出かけるのはわかっている。半刻（一時間）ほどしてから南町奉行所の前に張り込めばいいのだ。

「それにしても、うどんが負けるとは思わなかったな」

と、熊が言った。

昨日、初七日を終え、ようやくうどんのことを口にした。お互いうどんのことは何も言いたくなかった。

「あの男に情けをかけたのかもしれぬ」

と、桂馬が疑念を口にすると、

「いや、それはあるまい」

熊は怒ったように否定した。

「だが、女の目であの男を見ていたのはまちがいないぞ」

「……」

「あいつは昔、言ったことがあるんだよ。好きな男に斬られて死ぬなら本望だって」

「それがかなったというのか」

「わしは、そう思いたい」

と、桂馬は新しい位牌《いはい》に目をやって言った。

うどんは器量こそいいとは言えなかったが、女らしいところがあった。その、女としての気持ちを充《み》たして死んでいったのだと思いたかった。

「だが、そんな気持ちだったら、うどんは最初から勝てるわけがなかった」

と、熊はうつむいて言った。

「そうかもしれぬ」

「くじなどにせず、わしが先にやればよかったのだ」

「いま、それを言っても仕方がないだろう」

「ああ。だが、うどんのためにも、わしらはあの剣を破らなければならぬ」

「そうだな」

と、桂馬はうなずいた。

だが、胸の奥に引っかかるものがある。

「なあ、熊。わしらもうどんと同じだ。もっと非情にならなければ勝てぬのではないか?」

「……」

熊は無言でうなずいた。同様の思いなのだ。

「だが、非情になるだけの目的はあるのか?」

桂馬は訊《き》いた。徳川竜之助をなんとしても斬るという決意が足りないのだ。

「それは……」

熊が口ごもった。

「それは?」

重ねて訊いた。桂馬は知りたい。熊の気持ちを聞きたい。自分を納得させたい。

「それは武芸者の宿命というものではないのか」

と、熊は言った。

「武芸者の宿命か」

藩命ではあったが、大事なのはそれだけではなかった。藩命だけのことなら、脱藩という道もあった。世の中に浪士が増えつつある。肥後熊本藩でもそうした機運は皆無ではない。だが、武芸者の宿命から逃れることはできない。

熊はつづけた。

「武芸者は頂点に立たなければならぬ。道を極めなければならぬ。わしらは、肥後新陰流こそ最強と信じてきた。その矜持《きようじ》のために戦うのだ。新たな峰が眼前に出現したなら、われらはそこを目指すしかあるまい」

と、一息に言った。

「……」

「桂馬。やはり次はわしにいかせてくれ」

「なんだと、熊、自分なら勝てるが、わしなら負けるとでも」

桂馬は憮然《ぶぜん》とした。

双璧《そうへき》と言われ、竜虎《りゆうこ》と称されてきた。力の差を言うなら、納得できない。

「ちがう。むしろ、おぬしの剣のほうがあいつに勝てるかもしれぬ」

熊にはつねに、桂馬には勝てないという思いがあった。桂馬は天才だった。その三倍の努力をしなければ、追いつくことができなかった。その思いはいまもある。得体の知れない剣を相手にするなら、愚直な剣よりはいかようにも対応できる天才の剣のほうが有利なはずである。

「ならば、なおさら」

「おぬしの勝ちをさらに確実なものにするためにも、じっくり見てくれ。それに、おぬしには夢があったはずだ」

「それを言うな。とにかく次はおれだ」

桂馬は意地でも譲れない。たとえくじでも、決まったものを変えることはできない。

「……」

熊もそれ以上は言えない。

「それにしても不思議な剣だった……」

と、桂馬が言った。

相撃ちのように見えた。だが、倒れたのはうどんだった。

頭を割られていた。

「天才の桂馬でも不思議か？」

「不思議だ」

「だが、同じだったな。小佐野のときと」

「うむ。あのときも、風の音を聞いた気がしたのだ」

と、桂馬はつぶやいた。

周囲に鳴り渡っていた木枯らしの音とは、別の風の音だった。

「わしもだ。うどんもそれを聞いたように見えた」

「なんだ、あれは仕掛けか？」

「わからん。仕掛けだとしても、そんなものが何の役に立つ？　うどんだって、そんなものに惑わされて剣が乱れることはない」

熊はきっぱりと言った。

「たしかに」

と、桂馬もうなずいた。いくら女の心があっても、剣の修業は我々と同じように積んできたのである。些細《ささい》なことに左右される剣ではない。

軒先で風が唸《うな》った。障子が激しく揺れた。

やはり江戸は、肥後よりも風が強いのではないか。

しかも、どこか悲しげな音に感じる。

――この江戸の風とあの剣とは関係があるのか。

桂馬はふと、そう思った。だが、そんな馬鹿なことがあるはずがなかった。

「明日から師走《しわす》だな」

と、熊が言った。

「そうか、明日からか」

師走だと思うと、桂馬はどうしても気が急《せ》いてくるのだった。

「福川家とのう……」

高田九右衛門が、徳川竜之助の前に顔を突き出した。

手には同心の暮らしぶりまでを記した手帖を持っている。これはいつも手離したことがない。

「当家に何かありましたか?」

と、竜之助は訊いた。

「うむ。奉行所の古い名簿を当たったのだがな、福川家というのはないのだ」

「はあ……」

このあいだから何度かそんなことを言っていた。そのつど、しらばくれてきたのだが、かなりしつこい。この与力どのは、しつこさを外での探索に向ければ、ずいぶん手柄を立てただろうに、熱意の矛先《ほこさき》はそちらには向かわないらしい。

今日もしらばくれようとする竜之助の顔をじっと見つめてくる。

高田は表情が乏しい。考えごとをするときと、驚いたときなどに口がぽかんと開くが、それだけである。口を開いている顔。口を閉じた顔。表情は二つしかない。開いてるか、閉じてるか。それでは顔というより、ふたか戸口だろう。

「おぬしの先祖は本当に奉行所勤めをしていたのか？」

「そのように聞いてますが、なにせうろ覚えですので」

「ううむ。なんか変だな」

「なにがですか？」

「おぬしを見ていると、三十俵二人扶持の家に生まれ育った感じがまったくせぬのだ」

「浪人みたいですか？」

「逆だ、逆」

「逆とおっしゃいますと？」

「なんかこう、切羽詰まったものがない。鷹揚《おうよう》でゆったりしている。まあ、これはわしの勘ちがいかもしれぬが、育ちがいいように見える」

「あっはっは」

思わず笑いがこみあげた。

そんなことがあるわけはない。たしかに田安徳川家の広大な屋敷の中に生まれた。若さまと呼ばれたりもする。だが、実際にはいつも抑えこまれるようにして育った。育ちがいい人などは、もっとのびのび育つものだろう。むしろ自分には、ひねこびて、ゆがんだところがあると思っている。

「それはとんだ見込みちがいでございますよ」

「そうかのう……」

高田がまだなにか言いたそうにしているところに、

「福川さま。両国の芝居小屋でおかしなことが」

と、文治が外から声をかけてきた。

本来、岡っ引きは奉行所内に入ることはできない。が、そんな固いことを言っていたのでは急ぎの事態に対応できず、その決まりはいまや有名無実となっている。

「どうしたんだい？」

「もしかしたら殺しかもしれないと」

「わかった」

竜之助は、後ろに差していた十手をくるくると回して、さっと前に差した。

「高田さま。行きましょう」

「わしは外回りではない」

「ですが、いまは持ち場がどうこうと言っている時代ではないと、お奉行もおっしゃってましたよ」

「よいと言ったらよいのだ」

なんだか怯《おび》えたような顔になった。

竜之助は、

「高田さま。家の件は、くわしくはお奉行にお訊ねくださいい」

そう言い残して飛び出した。

「ううむ……」

じつは、高田はもう奉行にも訊いたのである。「福川という家に不審な点があるのですが」と。すると、「くだらぬことを詮索《せんさく》している暇があったら、町でも回ってこい」と叱責《しっせき》されたのだ。

どうも、面白くない。

両国広小路――。

まずざわめきが聞こえてきた。

角を曲がると、視界がぱっと開けた。ごちそうがちらかったような光景である。色が氾濫《はんらん》している。江戸の町というのは、瓦も塀も黒塗りが多く、中心部に行くほど真っ黒という感じがする。だが、ここでは大手を振って鮮やかな色、めずらしい色が跋扈《ばっこ》していた。

江戸いちばんの盛り場である。

世が騒然としていても、冷たい風が吹きすさんでいても、庶民たちはなおさら娯楽を求めて、盛り場に集まってくる。そのたくましさがつくりあげてきた町である。

広小路の一画に、芝居小屋の花村座《はなむらざ》があった。

建前上では、江戸歌舞伎の小屋はみな、浅草の猿若町《さるわかちょう》に集められている。だが、それですべてというわけではない。両国広小路や、大きな神社仏閣の境内にも芝居小屋があり、ここでおこなわれるのは小芝居と言われた。

猿若町の芝居よりは格段に落ちるが、このところ人気や中身でも古くからの江戸三座をおびやかすほどになっている。

役者の名が看板になって頭上に掲げられている。ほとんどが聞いたことのない役者だが、こうして名が大きく書かれていると、人気役者の勢ぞろいといった印象になるのだから面白い。

すでに客は外に追い出されていた。

竜之助が前に立つと、うわさ話が聞こえた。

「急に苦しみ出したんだよ」

「毒だよ。毒を盛られたんだ」

人の口に戸は立てられない。

その客の中に、知った顔がいた。すっきりと爽やかな美貌《びぼう》である。

「おう。お佐紀ちゃんじゃないか」

「福川さま」

「さっそく駆けつけてきたのかい？」

「ちがうんです。瓦版に書くため、ここの芝居を観てたんです。そうしたら、わたしの目の前で苦しみ出して……」

「お佐紀ちゃんが見ていてくれたかい。そいつは好都合だ。いっしょに入ってくれ」

「いいんですか」

お佐紀は喜んでついてくる。死体のあるところに引き返すとは娘のくせにたいした度胸である。

「いっしょに入るぜ」

木戸番が三人を中に通した。

「あそこです。切り落としのところ」

と、お佐紀が舞台のほうを指差した。

「切り落とし？」

「ええ。舞台の真ん前のことをそう呼ぶんです。高そうに思いがちですが、見にくかったりするので意外に安い席なんです。柄の良くない客も多くて、ここで贔《ひい》屓《き》役者のことで客同士のあいだでよく喧嘩が始まったりするんですよ」

では、そんなことが原因の殺しかもしれない。

すでに同心が到着していた。

「永山《ながやま》さん」

「おう。福川」

今日は矢崎三五郎は非番である。来ていたのは、永山光太郎《こうたろう》という臨時廻りの同心だった。

この永山、まるで仕事をする気がない人というので、奉行所でちょっと有名である。矢崎は面倒な仕事を竜之助に押し付けたりはするが、江戸市中を回って歩くことには情熱を持っている。この人は仕事そのものに情熱がない。いまも、小屋の者の話を聞いていたらしいが、いかにも上の空である。

「こっちは、小屋主の花村雨蔵《あめぞう》だ。福川、おぬしがくわしく訊いてくれよ」

永山は、あごを死体のほうにしゃくった。

「毒を飲まされたんですって？」

と、竜之助は訊いた。

「あたしらにはわかりませんが、どうも酒をぐいっと飲んだとき、急に苦しみ出したそうなんです」

と、派手な着物を着た小屋主が青い顔で答えた。

お佐紀のほうを見ると、首をこくんとさせたので、小屋主の言うとおりらしい。

「死体は動かしてねえんだな？」

と、竜之助は小屋主に訊いた。

「ええ。介抱するのに、揺り動かしたりはしましたが、ほとんどこのままです」

死体の顔は苦痛にゆがみ、胸をかきむしった跡もある。

茶碗はひっくり返り、入っていた酒はこぼれてしまっている。竜之助は犬のように四つん這《ば》いになって顔を近づけ、匂いを嗅《か》ごうとした。だが、筵《むしろ》や土に沁《し》みこんでしまっていて、毒だったかどうかはわからない。よく肥えた死体なので、中風や、心ノ臓の発作も考えられるのではないか。

客は外に出されたが、役者衆や裏方衆は、死体を遠巻きに囲んでいる。

竜之助はざっと見回した。着物や化粧で、役者と裏方の区別は容易につく。

「殺されたのは誰かわかってるんだな？」

と、小屋主に訊いた。

「ええ。神田の本銀町《ほんしろがねちょう》の木曽屋弥左衛門《きそややざえもん》さま」

「木曽屋？　たしか油問屋だったな」

そのあたりは、ほとんど毎日のように通っている。

「はい、大きな店でございます」

ここの油は質がいいというので、このところ江戸の料理屋のあいだで人気になっているというのは聞いたことがあった。

「木曽屋がこんなところにねえ」

と、文治が竜之助のわきで首をかしげた。

「おかしいか、文治？」

　竜之助は小声で訊いた。

「ええ。木曽屋ほどの身代なら、江戸三座のほうに贔屓があり、枡《ます》席に陣取って悠々と芝居見物を楽しむのがふつうです。こんな小芝居の、しかも切り落としの席にいるなんて、ちっと不思議ですよ」

「なるほどな」

　すると、いまのやりとりを後ろで聞いていたお佐紀が、

「福川さま」

「どうしたい？」

「木曽屋さんは、この小屋の贔屓というより、役者の花村玉之丞《たまのじょう》の贔屓だったんです。わしが一流にしてやると言っていて、あたしがここに来ていたのも、玉之丞のことを瓦版に書いてくれ、そうしてくれたら二千枚を買い取ると、そういう約束だったんです」

　お佐紀は早口で竜之助に耳打ちした。

「なるほど。そういうわけかい。お佐紀ちゃん、玉之丞ってのはどいつだい？」

「ほら、あっちに立っている竜の模様の着物を着た男です」

さりげなくそっちを見た。

いい男だが、なんだか頼りなさげである。

「おい、文治。お佐紀ちゃんをつれて、小屋の前に残っている客のうち、切り落としにいた者を確かめておいてくれ」

「はい」

「それから、役者や裏方たちから、木曽屋のことを聞きこんでもらいてえんだ」

「わかりました」

文治が出ていくのと入れ替わるように、年寄り同心の三村完二郎《みむらかんじろう》がやってきた。年寄りとは言うが、三村はまだ五十前後である。検死はおもに、経験豊かな年寄り同心が担当するのだ。

「どれ、こいつが仏かい」

三村は木曽屋の死体のわきにしゃがみこみ、裸にして一通りていねいに調べた。死体にはさっきはなかったはずの斑点が出てきている。

さらに口のあたりの匂いも嗅ぎ、

「やっぱり毒殺だな」

と、言った。

「毒殺ですか？」

竜之助は眉をひそめた。衆人環視の下である。ここで毒を飲ませるからには、自分が捕まらないための工夫なり仕掛けなりをしているにちがいない。

「面倒だな」

と、三村は竜之助の肩を叩いた。

「そうでしょうね」

「しかも、あいつが来ちまったんじゃ……」

と、隅のほうに行って煙草を吹かしている永山光太郎を指差して、三村は言った。

「福川、こりゃあ、おめえの仕事だな」

永山には、疲れてもいないのに楽屋で横になって休んでいてもらい、竜之助は切り落としにいた客の洗い出しに努めた。お佐紀はよく見ていたし、木戸番のおやじも覚えていたりして、ずいぶん特定が進んだ。そのとき切り落としにいたのは十人ほどで、うち六人にはすぐに話を聞くことができていた。残りの者についても、身元は明らかにできそうである。

お佐紀や、その者たちの話を照らし合わせると――。

木曽屋は、いつも切り落としの席に来る。花村玉之丞をすこしでも近くで見たいからだという。この日も芝居の最初から腰を落ち着け、お佐紀に玉之丞のいいところを教えたりしながら楽しそうに舞台を見ていた。

酒は自分で持ってきたもので、一幕目――本来、小芝居では幕を使うことは禁じられているため、幕ではないすだれが下りてきた――が終わるころから弁当を広げ、酒も飲みだした。

これもいつものことである。

茶碗酒で、隣りに座ったなじみの客にも飲ませたりしていた。

驚いたことに、この酒を飲んだなじみ客はぴんぴんしているという。

そして、二幕目の途中で、自分で注いだ茶碗酒を飲んだ木曽屋は、突如、苦しみはじめ、胸をかきむしったあげく、息絶えたのだった。

「そのあいだ、切り落としに怪しいそぶりをしていた客はいなかったんだな?」

と、竜之助は文治に訊いた。

「いなかったみたいなんです。なんせ、左隣りにはお佐紀がいましたし、右隣りにはやはり常連の神田岩本町《いわもとちょう》に住む隠居が座ってました。酒をもらったのもこの隠居です。ほかにあと七人ほどいましたが、木曽屋とは離れたところにいましたから、嫌疑をかけるのは難しいと思いますぜ」

と、文治も首をかしげながら答えた。

殺された木曽屋についてだが——。

花村座では、役者衆と裏方衆の見方はまるで食いちがったという。

役者衆は、おおむね木曽屋を嫌ったり、馬鹿にしたりしているふうだったという。

「嫌うのは、玉之丞への贔屓ぶりが、ちっと露骨だったからでしょう。あれじゃあ、ほかの役者が焼き餅を焼くってもんで」

「なるほどな。だが、馬鹿にする理由というのは？」

「木曽屋が田舎出の成金だからです」

「それはなんとも……」

これには竜之助も納得がいかない。江戸っ子というのは、田舎者を馬鹿にする風潮があるが、たいがいの江戸っ子も何代かさかのぼると、田舎から出てきたご先祖に突き当たるはずである。

つねづね思っていたことなので、それを文治に言うと、

「まあ、それもわかっていて、要は先達《せんだつ》気取りなんでしょう」

と、文治はいくらか江戸っ子を弁護した。

「だが、木曽屋が芝居の途中で殺されたなら、舞台にいた役者たちは、まさにその現場を目《ま》の当たりにしてるはずだぜ」

「そうですよね」

「それについては、なにか言ってたかい？」

「それが、誰も知らねえ、まるで気がつかなかったと」

「みんながかい？」

「ええ。口裏を合わせたふうにも見えなかったですぜ」

「ふうむ」

竜之助は腕組みして考えこんだ。

「ただ、木曽屋は役者の評判はさんざんでしたが、大道具や小道具の裏方衆には好かれてました」

「ほう」

「よくできた仕掛けや工夫は褒《ほ》めてくれるし、心づけもたくさんくれる。苦労人だけあって、偉ぶったりもしない。あんないい旦那はいないとまで言うやつもいました。どっちが本当なんでしょうね」

「たぶん、どっちも本当なんだろうな」

と、竜之助が言った。木曽屋が単純な悪党なら、下手人探しもさぞや楽だっただろう。

八丁堀の役宅にもどって、夕飯をすますとそこそこに、竜之助は毎日の稽古に精を出す。

剣ではない。剣の稽古は毎朝、半刻（一時間）ほどおこなう。これは雨が降ろうと、風が吹こうと、風邪をひこうと、二日酔いであろうと、怠らない。ふつうの剣より三倍ほど重い鉄の棒で、さまざまな型を試す。

夜の稽古はこれほど厳しいものではない。

まずはべらんめえ口調の稽古である。ずいぶん上達したような気がする。自分を「おいら」と呼び、「べらぼうめ」とか、「おきやがれ」といった乱暴な言葉もかなり使いこなせるようになった。

ただ、巻き舌が難しい。このところは、もっぱらこちらの稽古をする。

四半刻（三十分）ほどして──。

べらんめえ口調の稽古が終わると、次は十手の稽古に入った。

十手というのは、町方の捕物のときの武器である。もちろん新陰流に十手の技はないが、これは意外に強力な武器になるのだ。

ただし、いま竜之助が稽古をしているのは、武器としての技ではなく、見た目のよさである。これの抜き差しをもっと格好よくできないかと、毎晩、稽古をしているのだ。

我ながら、

――馬鹿じゃねえのか。

と、思ったりするが、子どものころから同心の姿のよさに憧れた。同じような少年が現れないとも限らない。できるだけ姿のよさは工夫したいのだ。

この十手の稽古も四半刻ほどで切り上げた。

こうして二つの稽古を終えると、竜之助は毎日、湯屋に行く。五つ（午後八時）のしまい湯のすこし前に飛び込むのだ。

ぬか袋で全身を磨きあげ、ゆったりとした気分になって一日の疲れを取る。

湯屋には朝と夜、休みの日には昼も行く。

毎日、規則正しい暮らしである。

ときどき、これでいいのかと思うときもある。

——もっと、天衣無縫《てんいむほう》で無頼漢《ぶらいかん》のような暮らしを送らないと駄目なのではないか。飲んだくれて、泥の中を転げまわるような暮らしから、見えてくる人の世があるのではないか……。

そういう暮らしへの憧れはある。

だが、竜之助は自分でも嫌になるくらい几帳面《きちようめん》である。

二

翌日——。

竜之助は文治を伴って花村座の芝居小屋に行った。

裏方衆やお佐紀の証言もあって、木曽屋が死んだときに切り落としにいた客たちは、ほとんどが判明した。

やはり、とくに怪しいやつは出てこない。

「となると、客側ではなく小屋側に下手人がいるのだろうな」

竜之助は文治に言った。

「旦那……」

文治が暗い顔をした。

「どうしたい？」

「福川の旦那。お佐紀だって怪しいと言えるんじゃねえですかい？」

「あっはっは。お佐紀ちゃんを疑うくらいなら、この殺しは諦めるさ」

「いや、それはいけませんよ。まったく、あいつは女のくせにどこにでもツラを出すから、危ない目に遭ったり、疑われたりするんだ」

文治は呆《あき》れたように言った。

「木曽屋が殺されたとき、舞台には誰がいたんだろうな」

「それは、お佐紀も言ってました。二幕目の半ばで、花村玉之丞と花村千之助《せんのすけ》、それに大坂紫紺《おおさかしこん》という女形《おやま》の三人がいたそうです」

「三人か……」

その三人ははたして切り落としのところにいるお客に、毒を盛ったりできるのだろうか？

「旦那、そこらへんのことは、座付き作者の河井千月《かわいせんげつ》に訊きましょうよ」

「河井千月？」

「ええ。昨日、殺しがあったときは、外に出て飲んだくれてましてね。もどってきたら人殺し騒ぎになっていたものだから、昨夜は腰を抜かしちまいやがった」

その河井千月は二日酔いがまだ醒《さ》めないらしく、誰もいない客席に座り、赤い目をしてこめかみを指で押さえている。

竜之助は近づいて、

「座付き作者なんだってな？」

と、声をかけた。同じ歳くらいらしく、遠慮もいらなさそうである。

「まあね」

「ええと、何て言ったかな、この芝居は？」

「小屋の上の看板に書いてあったはずですが、『天竺徳兵衛《てんじくとくべえ》めりけん始末』といいます」

「中身は凄《すご》いんだってな」

「白い顔をした鬼どもを懲《こ》らしめるというものなんですが、とても異人には見せられない代物《しろもの》ですよ」

と、河井千月は笑った。

「攘夷《じょうい》を叫ぶより、こっちのほうが面白いですぜ」

話しぶりは、やたらと軽薄な感じがする。

「もっとも、あっしのやりたいこととは違うんですが」

「ほう。どう違う?」

「そりゃあ志のある戯作者なら、ずしりと重い通し狂言が書きたいでしょうよ。だが、書かせてもらえねえ。目まぐるしいほど軽くて、派手な芝居ばかりだ。やっぱり芝居ってえのは、じっくり台詞《せりふ》を聞かせなくちゃ駄目ですから」

「そうかなあ」

「え?」

「次々と面白い趣向を繰り出して、お客を楽しませることだって芝居の醍醐味《だいごみ》だと思うけどねえ」

お世辞ではなく、そう言った。

「おや。同心さまにしては砕けた、嬉しいことを言ってくれるね」

「ところで、木曽屋は二幕目の半ばあたりで、酒に毒を盛られて死んだ。そのとき、舞台には花村玉之丞、花村千之助、大坂紫紺の三人がいたというのさ」

「ああ。そこらあたりはそうですね」

「芝居をやりながら、切り落としにいる木曽屋に毒を飲ませるなんてことはできるかね?」

「ううむ、ちと難しいのではないですかね。そこでは三人は台詞のやりとりがあるだけで、ほとんど動きませんや」

「やはり駄目かい」

「でも、その三人とも、木曽屋に殺意を持っていても不思議じゃありませんね」

と、河井千月は聞き捨てならないことを言った。

「そりゃあ、くわしく聞きてえな」

「まず、花村玉之丞。こいつは、木曽屋の旦那の庇護《ひご》のもとにいるくらいだから、まさか殺したりなんぞはと思ってしまいがちでしょ。ところが、どうして。玉のやつは、木曽屋の妾に手を出してたんです。まだ知らなかったからよかったが、もしも旦那の知るところだったら、とても無事ではすまねえはずです」

「なるほど」

さんざん世話になっておきながら、陰で旦那を裏切っていた。ばれるのではないかという恐怖から、木曽屋を殺しても不思議ではない。

「花村千之助はもっと怪しいですぜ。なんせ、このあいだまで、花村座きっての人気役者だったのが、玉之丞に追い上げられて、主役の座も危なくなってるんだから。じっさい、いま、あっしが書いてる芝居は、玉之丞が主役です」

らせた。

「そりゃあ、あんたも千之助には狙われるな」

竜之助がそう言うと、河井千月はやっとその危険に気づいたのか、顔をひきつ

「それで、もう一人の女形の大坂紫紺ですが、こいつは木曽屋の旦那に莫大《ばくだい》な借金があるんです」

「どれくらい？」

「あっしも全部知ってるわけじゃあねえですが、まず百両はくだらねえというようなことを、酔っ払ったときに言ってました」

「そりゃあ大金だ」

十両あれば家族がどうにか一年を暮らせるという。もっとも黒船以来、ものの値段が上がっているから一年は無理だとしても、大金に変わりはない。

「とすると、三人が力を合わせてってことも考えられるな」

竜之助がそう言うと、河井は鼻で笑って、

「旦那、そいつは無理だ。あの三人ときたら、恐ろしく仲が悪くて、殺しの相談なんか始めたって、その前に互いに殺し合うことになっちまう」

この日は一日中、花村玉之丞、花村千之助、大坂紫紺の三人について、聞き込みをして回った。

たしかに、座付き作者の河井千月が言っていたように、三人は怪しい。だが、なにせ三人とも舞台の上にいたのだから、下手人と決め付けるのは難しいのである。

いったん奉行所に帰り、ぐうたら同心の永山光太郎に今日の調べのことを報告した。さて帰るかと、奉行所を出たところで、奉行の小栗とばったり会った。小栗は外からもどってきたところである。

「おう、福川。ちょっとそこらで一杯飲もうではないか」

「はっ」

数寄屋《すきや》橋御門を出ると、前の町人地は元数寄屋町である。路地をのぞき、ちょっと奥に入ったところに見えた小さな飲み屋に入った。仰々しくない。こういうところがまた、小栗の好ましいところである。

店に入ると、小栗は家来や中間《ちゅうげん》は別の席に着かせ、竜之助と二人で小さな屏風《びょうぶ》の陰におさまった。

「じつはな、わしは今日付けで町奉行から歩兵奉行に異動した。いまは引継ぎでやってきたところさ」

「はい」

それは十日ほど前に聞いていた。このところ、世情が騒然としていることもあり、さまざまな部署で異動が相次いでいるという。以前なら、退任の挨拶やら、別れの宴などもあっただろうに、いまはそれどころではない。小栗も勘定奉行の兼務は変わらないので、そうした暇もないはずである。

「なったばかりでしたのに」

「お払い箱さ」

「ご謙遜《けんそん》を」

そんなわけがない。歩兵奉行になるということは、できるだけ早急に幕府の兵力を強化しようとするために、小栗の能力がますます必要とされているのだ。

「なんだか、そなたを同心にするためだけに町奉行になったようだ」

と、小栗は笑った。

「恐れ入ります」

「ところで、どういたす？」

訊ねているのはもちろん、このまま同心をつづけるのかどうかということだろう。

「ぜひ、このままに」

「ほんとによいのか？」

「はい」

きっぱりと言った。

「そう言うと思っていたのさ。ただ、高田九右衛門のやつが、そなたの家を怪しんで、なにかと調べたりしている。それで、これをつくっておいた」

懐から書類を取り出した。

見ると、二十年前に田舎の代官の中間をしていた先代が手柄を立て、つぶれていた同心の家を再興するよう推挙されたことになっている。推挙したのは、田安徳川家である。だが、同心に空きがなく、いままで待機していたというわけである。

「高田のことは、くだらぬ詮索をしている場合かと叱っておいたが、なにせああいうやつはしつこいところがあるからな。適当にごまかしておけ」

「ありがとうございます」

「どうだ、同心は？　支倉さんは心配で仕方がないらしいが、二十五の男を心配したって始まらないわな」

支倉さんとは、田安徳川家の用人である支倉辰右衛門のことである。田安家の中で辛い立場にあったとき、この爺《じい》が竜之助をかばいつづけてくれた。小栗の家とは遠縁に当たるそうで、そのおかげで町奉行所の同心にもぐりこむことができたのである。

「なかなか絵に描いたような悪党というのは数が少ないものですね」

「それはそうだろう。逆に言うと、絵に描いたような善人もおるまい。たいがいはみな、まだらだ」

「まだら？」

「そう、いいも悪いもいっしょくた」

決断は早いが、人間や世の中を見る目は画一的ではない。

こういうお奉行が去るのはひどく寂しい。

「もっといろいろ教えていただきたかったのですが」

「大丈夫だ。次は井上《いのうえ》さんだ。あの人はできるぞ」

と、小栗は嬉しそうに言った。

「そう、うかがっております」

「凄い人だぞ」

小栗は重ねて言った。

たしかにそれほどの人である。

小栗忠順の次に南町奉行になったのが、井上信濃守清直《しなののかみきよなお》だった。

徳川幕府は落日のときを迎えるにあたって、ようやくさまざまな有能な人物を掬《すく》い上げた。井上清直もその一人である。

開国論者である。

総領事ハリスと丁々発止《ちょうちょうはっし》渡り合い、岩瀬忠震《いわせただなり》とともに日米修好通商条約を結んだ男でもある。この条約はのちに不平等条約と酷評されるが、それは改悪の結果で、井上の責ではない。

また、咸臨丸《かんりんまる》成功の陰にも、この人の活躍があった。

「ただ、井上さんは……」

と、小栗は言葉を止めた。

「なにか？」

「井上さんは顔がまずい」

「ぷぅーっ」

これには竜之助も吹き出した。

井上清直はよほど顔が恐ろしげだったらしく、ハリスは「猛犬のようだ」と評した。だが、そのハリスも交渉をつづけるうちにこの人の賢明さや豪胆ぶり、清《せい》廉潔白《れんけつぱく》であることに打たれ、「条約締結の際、この人が担当だったことを、日本人は幸せに思うべきだ」とまで絶賛する。

小栗忠順、井上清直。徳川竜之助は、いちばん上の上司には恵まれた。

「井上さんにはそなたのことを話しておいた」

「ありがとうございます」

竜之助は盃をくいっと空けた。

小栗はさらに銚子を追加した。

「かなりいけるのだろう？」

「でも、酔いすぎるとまずいので適当にしております」

「それはいい。わしは酒よりもこっちだ」

と、小栗はたもとから煙草入れと煙管《きせる》を出した。

「アメリカの煙草というのは、葉っぱを紙で巻いて、こうやって吸うのだ」

指を鋏《はさみ》のかたちにして口に当ててみせた。小栗はポーハタン号でアメリカに行き、実見してきている。

「煙管はないのですか？」

「あるらしいが、あんまり見なかったな。アメリカ人の前で煙管など構えたら、吹き矢と間違えられるぞ」

　そう言って小栗は、煙をぷかりと吐いた。

「惜しいな。ほんとに幕府の中枢に出てくるつもりは？」

「まったくありません」

　きっぱり拒絶した。

「ただ、そなたの母のことだが」

「はい」

「存じてるよな？」

　微妙な表情である。

「いえ」

「あ、知らぬのか。ならば、よい」

　めずらしく小栗が慌てた。

「……………」

やよいの物言いといい、小栗が知っていることといい、いったい、わたしの母は何者だというのか？

三

下手人はやはり、あの三人の中にいるのはまちがいないはずである。文治にほかの連中を洗わせているが、怪しい者は出てこないのだ。

だが、どうやって殺したのかはわからない。

竜之助はもう一度、じっくり舞台を見てみることにした。花村座では木曽屋が殺された翌日こそ興行を休んだが、その次の日からは小屋を開けている。

文治とお佐紀の三人で、切り落としではなく、真ん中あたりの席に座った。本来、直接の担当である臨時廻り同心の永山光太郎は、誘っても来ようとはしなかった。

竜之助は、芝居は初めてではないが、まだ二、三度しか見ていないので、初心者には変わりない。

「なかなか面白い芝居なんですよね」

と、芝居はたくさん見ているお佐紀が褒めた。

「河井千月は才能があるのかもな」

竜之助も当人を見たらそう思えてきたのだ。

天竺徳兵衛というのは、歌舞伎ではおなじみの主人公で、異なる芝居がいろいろとあるらしい。河井千月はこの主人公を使って、鬼に見立てた異人をぶちのめすという話にした。その天竺徳兵衛には花村千之助が扮《ふん》し、ナメクジの化身に女形の大坂紫紺、そしてヘビの化身には木曽屋が肩入れした花村玉之丞が扮していた。

一幕目ではのっけからガマに乗った天竺徳兵衛が海を渡る。ナメクジに乗った女形が潮水で溶けて溺れるというので、客の笑いを取った。

二幕目では、アメリカに渡った徳兵衛の前にヘビの化身が現れ、白い鬼たちをやっつける算段をめぐらす。ここで、木曽屋は毒を飲まされて死んだのである。

三人のやりとりを見ていたとき、

「あれ？」

と、お佐紀が首をかしげた。

「どうしたい、お佐紀ちゃん？」

「なにか、変なの」

「なにが？」

「ちょっと待って……やっぱり花村千之助の所作が変わっているような気がする」

「どんなふうに？」

と、竜之助が訊いた。

「駄目だ。思い出せない」

「そうだ。作者に訊けばいいのさ」

幕間《まくあい》の休憩を待って、河井千月に訊いた。

「さてねえ」

と、首をかしげる。

「作者なのにわからないのかい？」

竜之助はなじるように言った。

「だって、所作は役者が決めることだもの。そこまで口出ししたら、役者だって存分に芝居ができませんよ」

「じゃあ、いい。終わってから役者に訊けばいいだけだ」

「だが、そいつは意外に難しいかもしれませんぜ」

と、河井千月が皮肉な笑みを浮かべて言った。

「もし、下手人が殺しと関係があることをしていたら、言うわけがない。それに、役者なんてほかの役者の所作までは覚えてなかったりする。なにせ、自分だけが輝けばいいというような連中ですから」

肥後新陰流の桂馬こと、岡田花之助は悩んでいた。

この数日、徳川竜之助のあとをつけている。うどんのやり方を倣《なら》ったのだ。敵の動き、癖、そういったものを頭に叩きこむ。この考えは悪くはなかった。ただ、うどんは女の気持ちになってしまったのが失敗だった。

徳川竜之助は、このところは芝居小屋に出入りしていた。あそこで何か殺しが起きたらしい。

それで小屋にも入り、徳川竜之助のすこし後ろに座って、やつの一挙手一投足を見つめた。ところが、いつの間にか竜之助を見るのを忘れて、芝居に見入ってしまっていた。

悪くない芝居だった。田舎芝居しか観ておらず、江戸三座の芝居も観ていないが、それでもここまで面白ければたいしたものだと思う。諧謔《かいぎゃく》に飛躍があった。

話の流れにも、出てくる人物の性格にも、一工夫があった。

作者に才能のきらめきを感じた。

——羨《うらや》ましい……。

とも思った。この芝居の作者の才能がではない。こうした仕事ができる境遇についてである。

——わしは戯作者になりたかった……。

子どもの日の夢ではない。現役の夢である。

この十数年、いつも悩んできた。自分は剣に生きる者なのか。剣に生き、剣に死んでも悔いはないのか。

剣では天才と言われた。桂馬は才能の剣、熊は努力の剣と。

だが、自分ではひそかに、剣を上回る才能があると思ってきた。それは戯作の才能だった。

いつからそう思ったのだろう。十やそこらの頃だったはずである。

憧れたのは曲亭馬琴《きょくていばきん》だった。『八犬伝』を夢中になって読んだ。こういう面白い戯作が書きたい。そして、自分には書けるような気がする。

もっと早く、そちらに向かえばよかったのだ。

父に頼んだこともあった。戯作を学ぶため、江戸に行かせてくれと。一蹴《いっしゅう》された。なにをたわけたことを言っているのかと、たしなめられた。まるで悪の道に迷ったら大変だとでもいうような物言いだった。

友人にも相談した。同じような趣味嗜好を持つと思っていた友人たちは、ことごとく反対した。反対もなにも、なれるわけがないとせせら笑う者もいた。わかってくれたのは、意外にも剣を学ぶ仲間だった。熊とうどんだけが、桂馬の才能を認め、

「剣と戯作、二つの才能があるとは羨ましい」

と、熊は言い、

「武蔵の剣と絵みたいだ」

と、うどんも褒めてくれた。

このようなことがなければ、そう遠くない日に書き出すつもりだった。

それがいま――。

徳川竜之助との対決が近づくにつれ、いくら抑えつけようとしても、戯作を書きたい、戯作者になりたいという夢を抑えきれなくなってきたのだった。

昨夜も桂馬は一人、机の前に座り、戯作を書いていた。熊とうどんとともに巌

流島でやった決闘の真似事を題材にした。

ところが、書くうちに興が乗ってきて、長くなってきた。とても、短くはまとまらない。完成させてから、などと言っていたら、徳川竜之助とは戦えるはずがない。

——諦めるべきなのだろう。

何度もそう言い聞かせる。

言い聞かせるたびに、自分がなんのためにこの世に生を受けたのか、わからなくなってしまうのだった。

四

「ううっ、寒いなあ」

と、思わず声に出た。言うたびに、竜之助は昔、田安の家にいたお喜多《きた》という奥女中の、

「武士は暑い寒いを言わぬもの」

という言葉を思い出す。あれは、いかにも意地の悪い物言いだった。あんな言い方で諭《さと》されたら、孔子《こうし》も老子《ろうし》も頭には入らない。ほかにも「武士はうまい、ま

ずいを言わぬもの」とか、「武士は疲れた、だるいを言わぬもの」などとも言っていた。おそらくお喜多は石でできた武士が好きだったのだろう。

竜之助は今日も花村座に入るつもりである。

お佐紀も付き合ってくれた。

「何か引っかかるの。何かがおかしいの」

それがわからないと、すっきりしないらしい。

文治とお佐紀に加え、今日はめずらしく永山光太郎がいっしょである。

「きゃっ」

小屋の前で、お佐紀が小さな悲鳴を上げた。水溜りが凍って、足を滑らせたのだ。

殺しがあった日も寒かった。いろんなものが凍りついた。

ふと、竜之助は思った。

──毒の液も凍らせることはできるよな。

たとえば、毒の液を凍らせて、小さな玉にしておく。それを木曽屋が飲んでいた茶碗の酒の中にぽとりと落とす……。

だが、そんなことをしたら、絶対に誰かが気づくだろう。

気づかれずにそれをやれば……。

竜之助はあといくつか角を曲がれば、目的のところに辿《たど》りつけるような気がした。

今日も切り落としではなくすこし離れたところに座った。

一幕目は純粋に芝居を楽しみ、二幕目では何かを探そうと目を凝《こ》らした。もちろん竜之助は、木曽屋が殺されたときの芝居を見ていないのだから、違いはわからない。だが、氷にした毒液を、木曽屋の茶碗に投げ込むことができるような機会があるのかどうか——それはわかるのではないか。

ところが、見ているうちにおかしなことに気づいた。

天竺徳兵衛に扮した花村千之助の前には、四角い木の火鉢が置いてある。どこの家にもあるものである。この芝居は、アメリカを舞台にしたもので、向こうにもあんな火鉢があるのかと不思議な気がしたが、しかし、それはいい。問題は、その火鉢があってもなくてもいいものだというところなのだ。

——千之助は、あそこで煙草を吸ったほうが格好がいいのに。

と、竜之助は思った。小栗の煙草を吸う姿を思い浮かべた。

竜之助が十手を回すように、くるくる回し、火鉢をぱんと叩いて見得を切る。

それをお佐紀に言うと、

「そうよ、あのときはそうしていたのよ。それをやらないから変な気がしたのね」

「やっぱり、そうか」

千之助は所作を変えたのだ。木曽屋が死んだ日から。

今度は小栗の言葉が浮かんだ。アメリカ人の前で煙管など構えたら、吹き矢と間違えられるぞ……。吹き矢……？　毒の液で作った氷の玉を、火鉢の灰の中に隠しておく。火鉢の中に炭はないから、熱で溶けたりもしない。それを取り出し、煙管に入れてぷっと吹く。もしも、千之助ではなく、玉之丞が台詞を言っているときなら、客の視線はみな、そっちに向いている。小さな氷の玉がわずか一間くらい飛んだとしても、気づいた人はいなかったのだろう。

「よう、文治、わかったぜ」

と、小声で言った。

「え？」

「いまのうちに小道具の人に頼み、千之助が使った煙管をもらってきてくれ」

文治は顔を輝かせ、客をかきわけて行った。

「あっしが、木曽屋殺しの下手人ですって。笑わせちゃいけませんや」

と、花村千之助は舞台の上で見得を切るように大声で言った。

客はもういない。芝居がはねてから、千之助だけ舞台に残ってもらっている。

もっとも下がれと言われたほかの役者たちも、舞台の袖からこっちをのぞきこみ、何ごとかと聞き耳を立てていた。

「笑わせたりしてるわけじゃねえんだ。木曽屋を殺したのは、あんたなんだ」

「同心さま。あっしがあの殺しのときに、舞台で芝居の真っ最中だったことは、役者も裏方も、大勢のお客もみんな知ってるんですぜ。いったいどうやって、殺すことができるんですかい？」

「それはさ……」

と、竜之助は推測を語った。

「煙管で氷の玉を飛ばした？」

千之助は目を丸くした。

「そう、吹き矢のようにな」

竜之助がそう言うと、

「あっはっは」

と、千之助は高らかに笑った。おかしくてたまらないらしい。

「旦那、煙管の雁首《がんくび》なんざ、上を向いてるんですぜ。それでどうやって、氷の玉なんざ飛ばすんですか？　やってみせてもらえませんか？」

「ああ、いいよ」

竜之助は、立ち上がった。舞台の上にあがり、懐から煙管を出し、文治に砕いた氷を持ってこさせた。

「文治。そこに茶碗を置いてくれないか」

「ここらでいいですね」

およそ一間ほど先である。

竜之助は煙管に氷のかけらを入れ、ぷっと吹いた。いたずらっ子が隠れんぼをするように小さな氷の玉が宙を走り、茶碗の中に入って、かちんと音を立てた。

「……………」

千之助は目を丸くしていた。

「おい、千之助、これはあのとき、おめえが使った煙管なんだぜ。この雁首のところに細工をして、中のものがまっすぐ飛び出すようになってるんだ」

と、竜之助は煙管を千之助に見せた。

「そんな馬鹿な……」

「裏の堀に捨てたはずだってかい。駄目だよ。捨てるときはさ、真夜中に舟を出し、誰もいねえのを見計らって、大川の真ん中や佃島《つくだじま》の沖あたりに投げ込まなくちゃ」

「ううう」

千之助が小さく呻《うめ》いた。

「見てたんだよ。小道具係の弥太《やた》さんが」

名を言われて、その弥太が舞台の袖から出てきた。

「なんだろうなって思いましてね。千之助さんは何を捨てたんだろうって。ものを粗末にするのもいけねえし、あれは小道具じゃなかったかって。それで、水は冷たかったけど、膝まで水につかって拾っておいたんですよ」

千之助は弥太を睨《にら》み、

「この糞ったれ」

と、毒づいた。

「木曽屋の旦那には、あっしの小道具を一度、ほめていただいたことがありまして。これで恩返しができました」

弥太はそう言って、裏方に舞台は居心地が悪いとでもいうように、肩をすぼめて引き下がった。

「あの人に見る目なんてなかった。そのくせ、金の力で、玉之丞におれを追い越させやがった」

と、恨みがこもった目をしながら千之助は言った。

「……」

竜之助は何も言わなかった。今日も舞台を見たのだが、主役を演じた千之助よりも敵役だった玉之丞のほうが輝いていた。客もまた、その玉之丞のほうに釘付けだった。それに気がつかなかった千之助は、やはり玉之丞に追い抜かれるさだめだったのではないか。

だからこそ、舞台の上での千之助の悪事は見過ごされてしまったのだろう。

「いくぜ、千之助」

「へい」

千之助はいさぎよく背筋を伸ばした。

首を曲げ、じろりと客席を見回した。そんなところはやはり役者の眼差《まなざ》しだった。


文治が千之助に縄をかけようとしたときだった。それまで竜之助の後ろで腕組みをしていたぐうたら同心の永山が、

「なあ、福川。ここから先はおいらがやるぜ」

と、前に出てきた。ふだん気弱そうな顔が怒ったような顔になっている。

「あ、はい。いいですよ」

竜之助がそう言うと、

「ほんとにいいのか。すまぬ。福川、恩に着るぞ」

と、永山は囁《ささや》いた。

文治がかけた縄の後ろを持ち、永山は千之助を外へと連れ出していく。それを見送った文治が、

「福川さま。いいんですか」

と、憤慨して言った。

「ああ、かまわねえよ」

「だって、こういう時代ですぜ。手柄を重ねれば、同心から与力にまで出世なさるかもしれませんぜ」

「おいらは別に出世なんざしたくねえもの。与力になんかなったら、気軽に町を歩いたりできなくなっちまうさ」

「でも、あの永山さまに譲らなくても」

「いいんだよ。あれで永山さんだって俄然《がぜん》やる気が出るかもしれねえだろ」

それよりも、これから文治の店に行って、うまい寿司をつまみに、熱くした酒が飲みたかった。もちろん、お佐紀にもごちそうするつもりだった。

五

それから三日ほどした非番の日――。

徳川竜之助は昼過ぎごろまで深川のあたりを歩きまわっていたが、急に思い立ち、海に出ることにした。永代橋《えいたいばし》に近い稲荷河岸で猪牙舟《ちよきぶね》を拾い、「海からの景色が見たいのだ」と言うと、船頭は狐には騙《だま》されないぞという顔をした。真冬にこんな酔狂なやつはなかなか現れないらしい。

舟賃をはずみ、沖まで漕《こ》いでもらった。鉄砲洲《てつぽうず》から佃島を左に見ながら沖に出た。波はほとんどなく、冬の陽が海面を油のように光らせていた。

お城のほうを見て、

「へえ。あっしもこんな景色は初めてです」

と刻んだように見えていた。

初めて見る景色だった。天気もよく、晴れた冬空の下で、江戸の町がくっきり
と、ため息が出た。

「ああ」


船頭も喜び、二人で船べりに腰をかけた。

高い建物は本願寺くらいで、町並みの向こうにお城もよく見えた。

竜之助はのんびりした気分で、景色を見つづけた。

舟を拾ったのが遅い時刻だったので、陽はたちまち斜めになってきた。

お城が夕陽に染まりはじめた。赤く燃え出しているようだった。

──徳川の家は夕陽なのだ。

とも思った。沈みゆくのをもう誰にも止められない。あの素晴らしい能力を持った小栗忠順にも井上清直にも止められない。細かい理由はいくらでもある。だが、いちばんの理由は、新しい何かが生まれてきていることにあるだろう。その新しいものが古いものを押しやっていく。それがあらゆるものの宿命ではないか。

　——そして、このわたしも否応なく夕陽とともに沈んでいく運命なのだろう。

「では、もどろうか」

　そう言ったとき、別の猪牙舟が近づいてきた。

　髭の濃い男が舟を漕いでいて、もう一人、痩《や》せた沈鬱《ちんうつ》な顔をした男が乗っていた。

　竜之助はすぐに、何が起きようとしているかを悟った。

　向こうの舟の男たちは、無礼ではなかった。竜之助に軽く会釈をし、髭の濃い男がこっちの船頭に、

「船頭さん。この舟に移ってくれ。あんたに危害は加えたくない」

　と、声をかけた。

「そんな」

　船頭が困った顔で竜之助を見た。

「いや、いいんだ。船頭さん、移ってくれ」

　と、竜之助が言い、船頭を渡らせた。かわりに沈鬱な顔をした男が乗り込んできた。

「熊、あとを頼むぞ。うどんの菩提《ぼだい》もな」

と、男は舟に残ったほうに言った。

「桂馬……」

舟に残った男が声をかけた。あとは何も言わない。見つめた目に、万感の思いがこもっていた。

まさか、こんなところで襲ってくるとは思わなかった。だが、こうしたところで襲ってくるということ自体、この男はできるのだと思った。

桂馬と呼ばれた男は静かに立ったまま、刀を抜き放った。

竜之助も小さくうなずいて刀を抜いた。

舟は揺れていた。足元は覚束《おぼつか》なかった。

だが、それは相手も同じであるはずだった。

竜之助は、踏ん張らずに腰をすこし落とし、膝を柔らかにした。揺れにさからわず、膝で受け止めた。

相手との間は、一間ほどだった。すこし踏み込めば剣は届く。一太刀で勝負の決着がつく間合いだった。

相手の男の足の位置がすこしだけずれているような気がした。

——もしかしたら……。

この男は先ほど桂馬と呼ばれていた。舟の中の男は熊と呼ばれた。髭が濃く、愛嬌《あいきょう》があり、いかにも熊だった。うどんと呼んだのは、この前、竜之助と斬り合った女剣士のことではないか。色が白く、なんとなくうどんの柔らかさを連想させた。

二人が綽名《あだな》だとしたら、桂馬も綽名なのではないか。

将棋の駒の桂馬。一歩はまっすぐ進み、もう一歩は斜めに迫ってくる。剣先が斜めに伸びてくるのだ。

この男の剣は、おそらく意外な太刀筋なのだ。避けるのが困難なような。

沖から海風が吹いていた。強くはないが、さすがに師走の風だった。

日差しはあっても、風の冷たさが身に沁みた。

ずっと構えていれば、もちろん凍えてくる。向こうがそうした準備をしてきているとしたら、竜之助はいちじるしく不利になるはずだった。

竜之助は剣を斜めに倒し、手元に引き寄せた。

それから刃をゆっくりとめぐらした。

途中で風をとらえた。

刃が鳴きはじめた。刃の波紋と葵の隠し紋が鳴くのだった。

ひゅううという悲しい音だった。風の音が悲しいのは、それが過ぎ去っていくものだからかもしれなかった。

相手も聞いたようだった。目をすこし見開いた。

「葵新陰流、風鳴の剣」

と、竜之助は言った。

相手は青眼に構えていた剣を上段に移し、さらに切っ先を真っすぐ天に突き立てるようにした。あらゆる無駄を排したもっとも単純な構えの一つである。この男の剣は単純だった。だからこそ怖ろしいのだ。

風鳴の剣と、桂馬の剣。

勝負は一太刀。ただ一太刀。まちがいなくそれで決まる。

「きえーっ」

「てやーっ」

互いに踏み込んだ。

舟が揺れた。血が走った。

だが、倒れない。どちらも倒れない。

竜之助は、一歩引き、切っ先を相手の喉元に向けていた。残心の構えである。

「死ぬなよ。生きて、この剣を覚えたらいいじゃねえか。誰かに伝えたっていいんだぜ。将軍家だけに伝える剣なんざどうだっていい」

竜之助は言った。相手の心に届かせようと、必死の思いで言った。

「敗者の伝える剣など、誰が学ぶか」

桂馬はゆっくり横倒しに海の中に倒れこんでいった。


熊は霊岸島の家に桂馬を連れ帰り、医者を呼んできて手当をさせた。徹夜で介抱もした。

「死ぬな、生きろ」

三日目の朝——。

桂馬は目覚めた。鍛えあげた身体は、回復の力も素晴らしかった。

桂馬は夢の中で戯作を書いていた。これぞという着想を得て、喜んで目を覚ました気がした。だが、いざ目を覚ますと身体はいままで味わったことのない重い疲労感の中にあった。

「気づいたか」

熊の笑顔が見えた。

「わしは生きてもよいのか」

と、桂馬は驚いて言った。

「武芸者としてのおぬしは死んだ。戯作者として生きろ」

「いいのか、それで」

「よい」

熊が強くうなずいた。

「あの剣はわからぬぞ。やはり、風が鳴るのだ。そして、見切りよりも伸びてくるのだ」

桂馬が遥か遠くを振り返るような目をして言った。

「伸びるのか」

「風鳴の剣と言った。葵新陰流風鳴の剣と」

桂馬は力をふり絞るようにそこまで言って、ふたたび戯作の夢の中へと潜り込んでいった。

第四章　恵比寿《えびす》のはらわた

一

役宅の玄関口におかしな男が立った。笑いを噛みしめるような顔をしている。

竜之助は、

——気味が悪いな。

という顔をした。

「うっふっふ。若」

「なんだ、爺《じい》だったか」

「そうです。気づきませんでしたか。あっはっは」

と、田安徳川家の用人である支倉辰右衛門は、嬉しそうに笑った。

じつは一目でわかった。子どものころから毎日見ていた顔である。わからないわけがない。羽根をつけて空を飛んでいたってわかる。気づかないふりをしたのは、敬老の気持ちからである。

支倉は奴《やっこ》さんに変装していた。つけ髭までしている。

「どうです。気がつかなかったでしょう」

「おお、見事なもんだな。奴凧《やっこだこ》が空から落ちてきたのかと思ったぞ」

「またまた、おからかいを」

「なぜ、そんな恰好をしているのだ？」

「近頃、不逞《ふてい》のやからが増えておりますのでな。若にお会いするのも気をつけなければならないのです。それで、やよいにもそう言われましてな」

後ろに来ていたやよいが、

「支倉さま。お見事ですわ」

と、世辞を言った。

「うむ。爺、似合うぞ」

「似合うといわれても」

「次は旅役者にでもなってくれ。すこし化粧もして」

と、からかいのつもりで言ったが、

「考えておきましょう」

意外にまんざらでもなさそうなのである。

「それより、何か用があったか？」

と、竜之助は訊《き》いた。

「はい。小栗も退任しましたので、そろそろ屋敷にもどっていただきませぬと」

と、爺は重々しい口調で言った。予想どおりの台詞《せりふ》である。

「なあに、それは大丈夫だ。小栗さまが井上さまにこのまま同心をつづけさせるよう話を通してくれたからな」

「小栗がですか。あの男、わたしに断わりもなく、なにを勝手なことを。近頃、図に乗っているのではないか」

と、憤慨し、

「それに、今度の井上信濃守という男ですが、わたしはまったく面識がございませぬ。やはり、それは不安でございます。しかも、肥後熊本藩からは、新陰流の正統を争うつもりの刺客が来るとかいう話も聞こえてきています。若もうろうろ町中を歩いている場合ではございませんぞ。もうそろそろ、怪しいのが顔を見せているのでは？」

「ああ、それは……」

竜之助がこれまでのことを告げようとすると、やよいがこちらを見て、両目を真ん中に寄せ、おかしな顔をした。たぶん支倉にはくわしく伝えてはいないのだ。適当にごまかせという顔なのだろう。

「ああ、あれか。あいつらはもう片付けた。ひどく弱くてな。面をつづけて三本取ったら、参ったと言って、国許《くにもと》に帰って行った」

「そうですか。そうでしょうな。肥後の末流ごときが、本流の剣に立ち向かおうとすること自体がしゃらくさいですな。そうですか、面を三本。あっはっは。だが、しゃらくさいのは肥後だけではないらしいのです。肥前も尾張も、さらには柳生の里でもそうした動きがあるというではないですか。若、ここはやはり、屋敷におもどりいただいて……」

話が長引きそうなので、竜之助は話題を変えることにした。

「そんなことよりも、爺に訊きたいことがある」

「なにか」

「わたしの母のことなのだがな」

「あ……」

爺だけでなく、やよいも凍りついたような顔をした。

「いま、何をしているか、知ってるのか？」

視界の隅でやよいが目配せのようなことをしたのを感じた。

「うう……」

支倉の目が、中風の発作でも起こしたように虚《うつ》ろになった。

「どうした？」

「わたしもくわしいことは存じ上げないのですが、たしかお亡くなりになったとか」

「亡くなった？　わたしの母が……？」

それが本当なら、いくらなんでもいままで連絡がないというのはひどい。

「亡くなったなら、墓参りに行かねばなるまい。墓はどこだ？」

「あ、いや。そう聞いたような、聞かなかったような。なにせ、ずいぶん昔に縁が切れたお人ですので」

「だが、わたしが三歳になるまでは屋敷におられたのであろう？」

と、竜之助は訊いた。ただ、このことは他人から聞いたことで、当時の記憶はまったくというくらいない。

「そうでしたかなあ」

うすらとぼけても、知っているのは見え見えである。

「そのあとも一度、どこか別の場所で会ったような覚えもあるのだが」

このときは五、六歳になっていて、場所は神社の境内のようなところではなかったか。抱いてもらったというより、突き飛ばされたような覚えもある。

「さて、わたしには……。若、母君のことはお忘れなさいませ」

「なぜだ?」

「そ、それは母君も忘れて欲しいと思っておられるからです」

「ふむ」

どうも、この二人は何か隠しているようだが、とりあえずいまは諦《あきら》めたことにしようと、竜之助は思った。機会はまだまだあるはずである。

「そうそう、今日は大掃除をいたしますので」

と、やよいが言った。

「おう、そうだ。爺も手伝っていけ」

「冗談《じようだん》ではございませぬ」

「では、おいらは出かけるぜ。今日から町は年の市《いち》だ。町廻りは忙しいぞ」

竜之助は気分も新たに、玄関から外へと飛び出した。

年の市とは、正月に使う品々や、飾りものなどを売る市のことで、十二月（旧暦）の十七、十八日の二日間ひらかれる。この日は、江戸中の寺や神社の境内や門前に、露店がずらりと軒を並べた。

神田の町も同様で、とくに神田明神や湯島天神などの門前はたいそうなにぎわいを見せている。

その神田明神の坂の道を、露店をぼんやりした目で眺めながら上っていくのは、植木職人の民助《たみすけ》だった。

この民助、まだ三十をちょいと出たばかりだが、我ながらめっきり老けこんだと思う。月代《さかやき》を剃るから気づきにくいが、頭なんぞも禿《は》げてきやがった。

老けこんだ理由は、おそらくこの年がまったくついてなかったからである。

とくに年末が近づいてからがひどかった。

まちがえて、注文を受けた家の隣りの庭の植木を刈ってしまった。ほとんど丸一日かけて二百坪ほどの庭をきれいにしたあと、あるじがもどってきて、

「ややっ、きさま、これはなんだ？」

「ご注文どおりきれいに刈り込みましたが」

「そんな注文などしておらぬ」

「あれ、こちらは滝本《たきもと》さまのお宅では？」

「馬鹿者。それはお隣りだ。わしは野趣《やしゅ》が好きなのに、こんな気取った庭にしてしまうとは！」

と、ひどく怒られた。

しかも、怒られた拍子に、

「うわっ」

と、木から落ちて、右肩を骨折してしまった。

以来、ひと月ほど仕事ができないでいる。

本当なら、植木職人というのは年末が稼ぎどきで、庭仕事のほかに門松づくりなどの注文も殺到する。だが、右手を動かせないのだから、仕事などできるわけがない。これではとても正月を越せそうもない。

露店がいっぱい出ている。注連《しめ》飾りなどのほかに、大黒さまの人形がたくさん売られているのが目立った。

そういえば、大黒天を万引きすると福がある——という言い伝えがある。迷信かもしれないが、いまはその迷信にもすがりたい気持ちである。

——なんとか大黒さまを万引きして、来年はいい年にしよう。

そう思った。

だが、売る側だって、そうした迷信が横行していることは知っている。警戒怠りなく、簡単に万引きなどさせない。どいつもこいつも縁起物を売る人間には似合わない目つきで、じいっとこちらを窺っている。

結局、なかなか万引きもできずに、神田明神の前を通りすぎた。

だんだん露店も減ってきたが、門前からだいぶ離れたあたりで大名屋敷のなまこ塀を背に、小さな露店がぽつりと出ていた。

——こんなところに店をだしたって、売れやしめえ。

実際、たいしたものは売っていない。注連飾りが少々と人形が数列あるだけ。こんな景気の悪そうな店で買っていったら、来年もろくな年にはならねえ。

しかも、店のあるじは箱に腰をかけ、なまこ塀にもたれて居眠りをしている。

大黒さまも何点かはあり、ちらりとそっちを見たが、あるじのそばでちょっと盗りにくい。

そのとき——。

裏の塀の中から誰かが手を出し、大黒さまの人形をこっちの台のいちばん上の段にそぉっと置いた。盗るのではなく、逆に置いた。奇特なやつもいるものである。大名屋敷の塀などはかなり高くできているので、おそらく裏側では梯子《はしご》でもかけたのだろうが、それにしてもどういうつもりなのか？

二寸ほどの人形である。色も派手なものだ。

——あれがいいや。

横から近づき、動くほうの左手を伸ばして、パッと盗るとすぐさま歩き出した。

振り返ると、露店のあるじが塀の中の誰かと話をし、きょろきょろ見回している。そこへ侍が一人、近づいていった。

気づかれたら大変だ。

民助は振り返ったりするのはやめ、ひたすら歩みを急がせた。

しばらくして、妙なことに気がついた。この大黒さま、中に何か入っているのか、振るとかさこそ音を立てる。そればかりではない。釣り竿と、釣り上げたばかりらしい大きな鯛を持っている。にこやかな笑顔。だが、おなじみの小槌《こづち》は持っていない。

――あれ、これって？

まちがえて、恵比寿さまを万引きしてしまったのだ。大黒さまと恵比寿さまは、なんとなく似ている。

――馬鹿だな。おれは……。

こんな間違いをしているようでは、来年もとんだ不幸が舞い込むのではなかろうか。まったく、とことんついていない。

――返してこようか。

もどり始めたとき、
どん。

と、女がぶつかってきた。

「気をつけろい」

「ごめんなさいね」

歳はちょっといってるかもしれないが、笑顔がかわいい。鉄漿《かね》はないので、独り身だろう。家のこまごました用事も、てきぱきとやっちゃいそうである。あんな嫁がいたら、おいらだってもう一丁、頑張ってみようって気にもなるのかもしれねえが。

懐に入れたはずの恵比寿さまの人形が消えている。路上にも落ちてはいない。

——ん？

まさか、掏《す》られたのかい。なんだよ。あの女、スリだったのか。せっかくいい気持ちになったのが、焚き火に落ちた雪みたいにあっという間に萎《な》えてしまう。

まったく、人というのは見かけによらない。

追いかけようとも思ったが、

——まあ、いいや。返す手間がはぶけたってもんだ。

と、思い直した。

角を一つ曲がったとき、

「おい」

侍が民助の前に立った。

やけに額が広い。額が広いのは賢いなんて言われるが、この侍はそんな感じはしない。額が広いのは根性が悪いというと、ぴったりきそうな男である。

見るからに剣呑《けんのん》である。近ごろ、侍全体が人相が悪くなったような気がするが、この侍は格別である。

着ているものは、さほど古びてはいない。むしろ、茶色の羽織などは暖かそうで、いいものだとすぐにわかる。懐は豊かかもしれない。だが、目つきや凄《すご》んだ声に、すさんだ感じが漂っていた。

「な、なんでしょうか？」

民助は怯《おび》えた声で訊いた。

そこへ、後ろからさっきの露店のあるじが追いついて来た。

まずい。きわめてまずい。

「黒蔵《くろぞう》、どうだ？」

と、侍が露店のあるじに訊いた。黒蔵というのは、名前ではなく綽名《あだな》ではないかと思わせるほど、陽に焼けて、真っ黒な顔をしている。

「こいつです、こいつ。間違いありません」

黒蔵は指を差しながら、逃げ道をふさぐようにして言った。

「そのほう、あそこの露店から恵比寿の人形を万引きしたな」

「ううう」

足が震え出した。早く差し出して、勘弁してもらいたいのは山々なのだが……。

「そ、それが、たったいま、ぶつかった女に掏られちまったんでさあ」

「返してもらおう」

「都合のいいことを言うな」

「本当ですって」

「面倒なやつ」

いきなり刀を抜いた。逃げようとする背中をばっさりやられたのがわかった。横倒しに倒れ、頭を地面に打ちつけた。

どこか、あっちのほうで、若い娘が悲鳴をあげているのが聞こえてきた。目撃してくれたらしい。早く大声をあげて、助けを呼んでおくれよ。

「黒蔵。早く奪え」

仰向けにされ、懐をさぐられる。

「あれ、ありませんぜ」

「なんだと。では、こいつが言ったのは本当だったのか」

と、物騒な侍が言った。

だから、本当なんだって。それをいきなり斬りやがって。

こんなについてない男がいるのかよ……。

民助は気を失った。

二

「なあ、文治」

と、竜之助は歩きながら言った。

「なんですかい？」

「あの注連飾りとか、門松ってのは、誰があんなものを考えたんだろうな？」

「考えた？　昔からああいうものと決まっていたんじゃないのですか？」

「その昔に、考えた者がいるはずだよ。たとえば、門松というのは家康公が三方《みかた》ケ原《はら》の敗戦のあとに、その屈辱をバネにするため考えたという説もある。松を使うのは松平から来ているとか、もっともらしいことも言われているが、じつはもっと古くからあったんだそうだ」

「へえ。福川さまは物知りだ。だが、変わっている」

「変わってるかなあ」

奉行所内でも、よくそう言われるのだ。

「物事の起源なんぞを考えるのは、だいたい変わったお人なんです。たいがいのやつは、決まっているもんだと思って、それに従うばかりですぜ」

「おいらはすぐ考えるけどな。やっぱり変なのかねえ」

のんきな話をしながら、神田明神のあたりにやってきた。

今日明日あたりは、奉行所も総動員態勢である。吟味方や書き役の一部も、町廻りのほうに駆り出されている。

見習いの竜之助も、今日は矢崎三五郎の指示ではなく、自分の判断で動いていた。もっとも、神田を縄張りにする岡っ引きの文治が、「ここらはスリが多い」とか、あれこれと忠告をしてくれている。

竜之助はこのにぎやかな人出というのも大好きである。川のほとりも好きで、どっちが好きかと訊かれたら迷ってしまう。その日の気分によって、順位は入れ替わる。

聖堂前の坂を上りきって、神田明神の境内はほかの奉行所の者が警戒しているだろうと通り過ぎ、角を曲がったとき、

「辻斬りだ。辻斬り」

声があがった。

「辻斬りだと？　こんなところでか」

疑問に思いながらも、竜之助は文治とともに走った。

裏道である。人けは少ない。

若い娘が塀に寄りかかって、動けなくなっている。

「あそこに倒れてます。さっき、侍がいきなり斬ったんです」

周囲に気をつけながら近づいた。たしかに男が倒れている。だが、血が飛び散ったりはしていない。

「おい、しっかりしろ」

竜之助は首に手を回して抱え起こした。

男はうっすら目を開けた。

「へ、へい。ここは極楽か、地獄か」

ちゃんと話せるし、ぼんやりした目つきだが目をきょろきょろさせた。とても斬られた人間のようではない。

「名前は言えるか？」

「民助といいます」

「怪我はないのか」

「ないかって背中をばっさり」

竜之助はすぐに男の背中を見た。着物は斬られているが、身体に傷はない。

「なんだ、これは？　添え木のようなものが斬られているぞ」

「あっ、添え木です。ひと月ほど前に肩を骨折しまして、添え木を当てていたんです。そうか、これがあったから助かったのか……」

「おめえ、ついてる男だなあ」

と、文治が感心して言った。

「あっしはついていたんですかねえ」

民助も感激して言った。

「ところで、なぜ、斬られた？」

と、竜之助が訊いた。

「へい、じつは……」

民助は出来心でやってしまった万引きを白状した。

「どんな顔をした侍だった？」

「へ？」

はっきり見たはずなのに、覚えていない。恐怖のあまり、すっかり忘れてしまったらしい。

「では、そこに案内してくれ」

「はい。神田明神の前をちっと通りすぎた、ここらあたりで……」

さっきの露店に行ってみると、もう片付けてしまっている。

「あれ、おかしいなあ。本当にこのあたりにぽつんとあったんです。嘘なんかじゃありませんよ」

「うむ。本当の話だというのはわかる」

台が置かれてあった跡や、注連飾りの藁屑《わらくず》も落ちている。

なにか、よくわからない怪しい話である。


それよりすこし前——。

露店をあわてて片づけ終わった黒蔵が、

「伊集院さま」

と、侍の名を呼んだ。すでに牢に入っているもぐらの勘平の娘おみつがこの男を見たら、歯嚙みして悔しがっただろう。さんざん利用し、最後は見捨てて逃げた男だったからである。

「たぶん、女スリに掏られたというのは本当でしょう」

「うむ。ぶつかったのがいたからな」

遠くだったが、女の姿は見えたのである。

「そなた、ここらは縄張りだったんじゃないのか？　掏った者の見当はつかぬか？」

と、伊集院は黒蔵に訊いた。

「へえ、あっしの縄張りは町人地からはちっと外れるんですが、ここらの悪いのはだいたい見当がつきます。神田周辺で仕事をする女スリというと、さびぬきのお寅《とら》の仲間なんだろうと思いますよ」

「さびぬきのお寅？」

「ええ。凄腕のスリなんですがね。寿司のネタとシャリのあいだにわさびがありますでしょ。そのわさびだけをスリの要領でさっと抜くことができたってえんです。それで、そのお寅の子分というか仲間というか、そいつらが三河町《みかわちょう》の裏で六、七人ほど一つの長屋に集まって暮らしてましてね。巾着《きんちゃく》長屋と呼ばれています」

「そんな長屋があるのか？」

と、伊集院は呆《あき》れた顔をした。だが、同じ仕事の者が集まる区域や長屋もあるくらいだから、スリ仲間が集まっていても、不思議ではないかもしれない。

「祭りの翌日などは、ここに来ると、中古の巾着屋ができるくらいあるからだそうで」

「くだらぬやつらばかりがいるのだろう」

「まったくで」

「では、行こうか。その巾着長屋とやらに」

「いますぐに？」

「よそに流されでもしたら困るではないか」

三河町へと歩き出した。

「まったくもう、あの用人が外に持ち出すのは難しいというので、屋敷の裏手にあんな露店までつくって、恵比寿の人形に仕込んだものをさりげなく置く……そこまではいい考えでしたがね」

黒蔵が歩きながら言った。

「考えが足りぬとでも言いたいか」

伊集院が横目でじろりと睨《にら》んだ。

「いえ、滅相もねえ。ただ、あんなマヌケな野郎が出てきちまったせいで」

「なんとしても取り返す。あれを薩摩や長州《ちょうしゅう》に持っていけば、千両を出すというやつもわしは知っているのだ」

「せ、千両。ただの絵図面が？」

「当たり前だ。江戸城の内部はなかなかわからない。あそこに攻め込んだとき、絵図面があるのとないのとでは大違いだ」

「へえ」

黒蔵は驚き、思わずお城のほうを見た。天守閣はもともとないので望みようがないが、こんもりと高くなったあたりが町並みの向こうに見えている。

巾着長屋はむろん通称だが、最近は家主の又兵衛《またべえ》までもが巾着長屋と呼ぶようになった。

その巾着長屋に——。

スリのお浜が帰ってきた。

井戸端にいた四十くらいの男が、笑顔でお浜に声をかけてきた。

「お浜ちゃん。どうだい、調子のほうは？」

「あら、金二《きんじ》兄さん。駄目だよ。人は出てきているけど、八丁堀の連中もうじゃうじゃ出ていて、仕事がやりにくいったらないもの。まったく、こんな実入りじゃ、両国で手妻でもやってたほうがましってもんだよ」

一度戦利品を置いて、また出ていくつもりである。

するど、長屋の路地を恐る恐るといったふうにくぐってきたのは――。

「あら、雲海さんじゃないか。なんで、ここがわかったんだい？」

大海寺の雲海和尚の顔が、照れながら輝いた。

「なあに両国の小屋で訊いたんだよ」

「まったくもう、あの小屋主はおしゃべりなんだから」

「なんで急に、こっちに引っ越したんだい？　もしかしたら借金でもあるのかい？　すこしくらいなら用立ててやってもいいんだよ」

いつもの上目づかいをしながら言った。

「まあ、ありがたいこと。でも、違うんだよ。昔、世話になった人がこっちにもどったもんでね」

「そうだったのかい」

なんだかもじもじしている。

「じつはさ、お浜ちゃん。あんたと話がしたくってさ」

「あたしはもういいよ。あたしは和尚と付き合えるほど、ましな女じゃないんだから」

「そんなことは大丈夫だ」

「なにが大丈夫なのさ」

「わしとは宗旨はちがうが、親鸞上人《しんらんしょうにん》は悪人なおもて往生《おうじょう》すとおっしゃっておいでだ」

お浜は内心、なんだい、あたしは悪党だって言いたいのかい、とムッとした。

「悪いけど、今日は仕事で忙しいんだよ」

「でも、両国の小屋主が今日明日は休みだって」

「雲海さん。あたしにはいろいろ仕事があるんだよ」

突き放すように言った。

「そうか。じゃあ、家もわかったから安心したし、また寄らせてもらうよ」

「もう来ないほうがいいと思うよ。そうそう、じゃあ、これをあたしの形見だと思って大事にして」

と、お浜は無理やり、恵比寿を雲海に渡した。

雲海はがっかりして路地を出ていった。

しばらく行ったあたりで、雲海は伊集院と黒蔵の二人づれとすれ違っている。

――この恋も終わるのか。

雲海和尚は、歩きながら情けなくなった。もうすっかりおなじみになった心持ちだった。これまで何人の女に恋をして、冷たく拒絶されてきたのか。何度味わっても、慣れることがない、骨身にこたえるほどの切なさだった。

あの女を永遠に――そこまでこいねがった思いが通じない。御仏にもどれだけ祈ったことか。どうか、この思いをあの女のもとに届けてくださいまし。それが届かない。御仏なら、そんなことは易々と叶《かな》えてくださるのではないか。それが叶えてくださらない。不思議でたまらない。

そもそも、出家したのは、御仏の助けが欲しかったからである。もっと言うなら、女の悩みをなんとかしてもらいたかったからである。坊主なら、そこらの信者よりも格別に憐れみをかけていただける。先に救っていただける。それが当たり前ではないか。だから出家したのに、まるで救いが得られないというのは信じられないことだった。

雲海は昌平橋《しょうへいばし》を渡って、神田川沿いの道を進んだ。

下駄でつま先立ちするように、急な坂を上る。

向こうから降りてきたのは、檀家の一人だった。六十ほどの女だが、重そうな荷を背負っている。

「和尚さま。どうも」

「おう。おたけさん。大変じゃな。頑張るんだよ」

やさしく声をかけ、行き過ぎた。

――わたしはなぜ、こんなにも熱烈に女を好きになってしまうのか。

雲海は自分でも不思議だった。

初めて女を好きになったのは、九歳のときである。家にしばしばやってきた同じ歳のいとこが相手だった。その恋はすぐにいとこが大坂に行ってしまったことで消滅したが、以来、次々と女が好きになった。好きな女がいないという時期はほとんどない。つねに、誰かを熱烈に好きになっていた。

ごくたまに、それが成就しそうなときもあった。すると、奇妙な心変わりが起きた。またたく間に熱烈な恋は冷えてしまうのである。自分でもよくわからない不思議な気持ちの変化だった。

――もしかしたら、本当に求めているのは、女ではないのか？

ときおり、そう思うこともある。自分の心の中に、永遠に満たされない願いがあって、女はその前に立っている目印のようなものではないのかと。

だが、そうは思っても、目印が死ぬほど好きになってしまうのも事実なのだ。お浜のことだって、本当に好きだった。

あれがおそらくろくでもない部分をいっぱい持った女だってこともわかっていた。むしろ、そうだからこそ、ますます好きになった。自分は、清く美しい女よりも、濁った美しい女のほうが好きなのだ。

──そんな自分が僧侶として偉そうに説教をたれている……。

自責の念が湧きかけたとき、本郷の寺に着いた。

小心山大海寺。

なんだか自分そのもののようにちぐはぐな寺の名である。

「ふう」

と、雲海はひとつ大きなため息をつき、自分の寺の門をくぐった。

「伊集院さま。ここですよ」

黒蔵が伊集院を巾着長屋につれてきた。

ゆっくり路地を歩いた。

向かい合わせに四軒と三軒。伊集院は声もかけずに、一軒ずつ腰高障子を開けて中をのぞいた。手前の家に男が一人、いちばん奥の右と左に女がいた。一方はのんびり猫に餌をやっている。髪は簡単に巻き上げただけで、とても出かけていたようすはない。もう一方は起きている。さっき、ちらっと見た着物の色と同じ、柿色の小紋である。

「おい、女」

「なんですか、人の家に黙って入って」

「女、掏ったな」

「なんだって」

「面倒臭いことを言わせるな。さっき掏った恵比寿の像を返せ」

この侍には、不気味な気配が漂っていた。嫌な目つきである。昔、スリに失敗して、一晩付き合うなら許してやると言われ、舟宿に連れ込まれたことがある。

あのときの侍の目とよく似ている。人を物でも見るように見る。いちばん怖い類《たぐい》の男である。

「いま、あげちまったんですよ。あ、ちょっと」

恐怖のあまり、呂律《ろれつ》も回らない。

呼び返すふりをして、そのまま逃げだそうと、

「雲海さぁん」

と言って、飛び出した。その後ろ姿に、侍がいきなり斬りつけた。

「ぎゃぁ」

お浜は断末魔の叫び声をあげた。

「なんでえ、どうしたい」

隣りからさっきお浜から金二兄さんと呼ばれた男が飛び出してきた。

お浜が斬られているのを見て、

「あっ、てめえ、なんてことを」

騒ぎ出そうとしたのを、

「黙れ」

と、これもばっさり斬り捨てた。

凄い腕である。いくら相手が女や町人でも、こう一太刀で斬れるものではない。しかも、刀にぬぐいをくれながら、軽い足取りでぴょんぴょんと飛びはねた。まるで、人を斬ったのが嬉しくてたまらないようである。

「探せ」

「へい」

黒蔵は急いでお浜の家の中をあさった。越してきたばかりで、荷物はほとんどない。畳の上に掏ってきたばかりの巾着がいくつか並んでいるが、その中にもない。

「ありませんぜ」

「さっき、うんかいいとか言ったな」

「そういえば、坊主とすれ違いましたぜ」

「野郎だ。まだ、遠くへは行っておるまい」

伊集院と黒蔵は、急いで飛び出していった。

風で飛ばされたらしい左官の道具のふるいが、くるくると車輪のように転がってきて、お浜の遺体にぶつかって倒れた。

奥の家の腰高障子が開き、女がゆっくりと外に出てきた。髪は洗い髪を巻いただけで、化粧もしていない。その女がお浜のわきに腰を下ろし、静かに手を合わせた。

「あの野郎、しっかり顔は見たからね。必ず、仇は取ってやるよ」

「掏ったのは、たぶん巾着長屋のスリではないかと思うんですが」

と、文治は推測を竜之助に語った。神田を縄張りにする岡っ引きである。どこからどの悪たれが稼ぎにやってくるかは、ほとんど把握している。

「巾着長屋？」

「ええ。三河町にあるスリたちが住む長屋でさあ。なあに、せいぜい六、七人がいっしょに住んでいるだけです」

「よし、行ってみよう」

といって、竜之助と文治は長屋に向かったが、三河町への入り口のところで、竜之助は足を止めた。

前から武士と町人の二人づれが来る。その武士のほうに、妖気のようなものが漂っていた。いや、よく見ると、妖気だけではない。

竜之助と武士の目が合った。

「なんだ？」

と、武士も立ち止まった。竜之助の姿から、当然、町方の同心と気がついたはずである。だが、臆するような気配はない。

「裾に血がついてますぞ」

と、竜之助は指を差した。

「それがどうした。ふっふっふ。いま、人を斬ってきたのでな」

男は首をこきこきさせながら、薄く笑った。

「なにぃ」

と、文治が吠えても、男は犬に吠えられた虎のように、目もくれない。

「岡っ引きふぜいが引っ込んでおれ。木っ端《こっぱ》役人もな」

「………」

竜之助は、挑発には応じず、じっと相手の身体の動きを見た。

足さばきに隙がない。かなりの遣い手のようだ。たぶん、居合いが得意なのではないか。

「おいらは町奉行所の者でしてね。人を斬ったというお言葉は、ああ、そうですかと、聞き捨てにはできませんぜ」

「あっはっは。冗談だよ。本気にするな」

と、男はふてぶてしく言った。

「冗談でしたか」

そうは思えない。さっき民助という植木職人に斬りつけたのも、この男ではないか。

「文句があるか?」

「……………」

なんとも不遜な態度である。

町奉行所の者は、武士には手が出せないと言われるが、そんなことはない。緊急の場合なら、武士だろうが僧侶だろうがふん縛ることはできる。

——力づくでしょっぴくか。

とも思った。だが、背中から聞こえてきた子どもたちの声で、思いとどまった。近所の子どもたちが七、八人、往来に出てきて、かわいい声で「だるまさんが転んだ」と始まったからである。

「いまは急いでおりますが、いずれくわしくうかがうことになりそうですな……」

と、竜之助は答えた。ここで人を斬ったというさっきの話を問い詰めても、どうせ本当のことなど言うわけがない。下手をしたら、往来で斬り合いになりかねない。それであの子どもたちが怪我でもする羽目になったら、いちばん馬鹿馬鹿しい。

「話を訊くにはどこをお訪ねすればよろしいのでしょうか?」

「うむ。薩摩藩邸まで来い」

と、男はまだ笑いを浮かべたまま言った。来れるわけがあるまいという、こちらに対する嘲《あざけ》りがある。

「薩摩藩邸ですな」

どうせ、そこの藩士かどうかはわからないのだ。だが、とりあえずこの男の顔はしっかりとまぶたの裏に刻んだ。いったん別れても、次に会ったときは必ず判別できる。それは文治も同じだろう。

「どうぞ、お引取りを」

「うむ」

男は悠然と立ち去って行った。

「行こう、文治」

竜之助は先を急ごうとしたが、

「あの侍について行ったやつですが、たしか黒蔵とかいったはず……」

と、文治が振り返ったまま言った。

「いえ。中間くずれで、大名屋敷の中の賭場をしきったりしている野郎です。町人相手の悪事には関わってきませんが、何をしてるかわかりませんや」

「やくざかい？」

「それより、文治、急ぐぞ」

不安に駆られたまま、竜之助と文治は巾着長屋に駆け込んだ。

「しまった」

路地に入ると、すぐに血の匂いが流れてきた。

二人倒れている。そのわきに、女が一人座って、手を合わせていた。

「すぐに医者を」

と、文治が言った。

「いや、もう駄目だ」

倒れている二人の目を見て、竜之助が言った。

「しかも、この女のほうは、おいらが知っている女だ。お浜といって、たしか両国の小屋で手妻を見せたりもしていたらしい」

「そうですか。スリとはいえ、ひどいことをしやがる」

どちらもただ一太刀である。深く骨まで断っている。

「斬った奴を見たかい？」

と、竜之助がそばにいた女に訊いた。

「ええ。見ました。額のやけに広い、気味の悪い顔をした侍です」

やはり、さっきの武士のしわざだった。薩摩藩邸に来いなどと息巻いていた。

「あっという間に斬られたんですよ。あたしも中にいたのですが、凄《すさ》まじい殺気を感じて、腰を上げることもできなかったんです」

女のくせに殺気などと言うので、竜之助も文治も思わず女の顔を見た。

「おや、文治親分」

「おめえは、さびぬきのお寅」

歳は三十代の後半くらいか、いや、若くは見えるが、もうすこし歳はいっているのかもしれない。

「江戸にもどったのかい？」

「ええ。そんなことよりさっきのやつを、なんとかふん縛ってくださいよ」

「わかった。ほかに手がかりのようなものは？」

「さて？」

と、お寅は首をかしげた。

「さっきすれ違ったときは、薩摩藩邸に来いと言ってはいたが」

と、竜之助がわきから言うと、

「薩摩ですって。そんな訛《なま》りはなかったたねえ」

と、お寅が竜之助をちらりと見て言った。

「あ、そうだ。あの者たちは恵比寿の人形を探していたのだ。奪われてしまったのか、確かめよう」

そう言って竜之助が殺されたお浜の家に行こうとすると、

「同心さま。その恵比寿の人形ですが、さっきお浜が雲海とかいう坊主にあげちまいましたよ」

「大海寺の雲海和尚か」

糸を引っ張っているみたいに、知り合いの名前がつづいて出てきた。

「伊集院さま。どうします？」

と、黒蔵は訊いた。

「うんかいとかいう坊主を探すしかあるまい。うんは運命の運か、雲。かいは、快活の快か、海か、あるいは戒めあたりだろう。そこらの寺に飛び込んで、うんかいという坊主を知りませんかと訊いてみるがいい。寺なんざたいがいつながってるもんだ」

「へい」

「あ、それとな、その坊主、しらばくれた商人みたいな目つきをして、やけに派手な色の数珠《じゅず》を使うと付け加えろ」

寺の門をくぐって、黒蔵は振り向いて伊集院を見た。

伊集院は門のところに寄りかかり、にやにや笑いながら通りを眺めている。

——やっぱりあいつは気味が悪い。

と、黒蔵は思った。いったいどこの藩士なのかわからない。江戸攘夷隊とかいう仲間がほかに五、六人いるが、みな正体不明である。薩摩藩邸に接近し、中に知り合いもいるようだが、逆に薩摩に対して恨みがあるようなことも言う。では、徳川家に忠誠心があるかというと、それも感じられない。

要は動乱を招きたい。それだけの欲望で動いている気がする。

そのくせ、頭は切れるし、恐ろしく腕も立つ。あの坊主のことだって、一目見ただけで人相の特徴から、手にしていた数珠の色まで見て取っている。こちとら何も見てはいないのに……。

――危ないやつとくっついたかな。

黒蔵はこのところそう思うようになった。伊集院は金については気前がいい。それだけで子分のようになってしまったのだ。この千両仕事のおこぼれをもらったところで、縁を切ったほうがいいかもしれない。

飛び込んだ寺で「うんかい」のことを訊くと、すぐにわかった。

伊集院のところに引き返した。

「さすがですね、伊集院さま。雲《くも》の海《うみ》と書いて、ぺらっちょ坊主とか言われている有名な坊主だそうです」

「寺は？」

「本郷の大海寺というところです」

すぐに向かうかと思ったが、伊集院は動かない。

「気になるな」

「なにがですかい？」

「あの巾着長屋にもう一人、女がいただろう」

「ええ」

「あれも始末しておけばよかった。黒蔵。ちっと平野《ひらの》のところまで行って、四、五人つれてきてくれ。木っ端役人どもを何人か斬る羽目になりそうなんでな。わしはそこのそば屋で待つことにする」

と、言って、一人でそば屋に入ってしまった。

「わかりました」

黒蔵は命じられたとおり歩き出したが、こっちだって腹が減っている。伊集院の身勝手さに、いつになく腹が立った。

番屋から人に来てもらい、竜之助は巾着長屋の遺体について説明した。ところが、町役人は怯《おび》えきってしまい、なかなかこっちの言うことが頭に入らず、ひどく手間取ってしまった。

もっともそれも仕方のないことなのだ。江戸の町人地にはほぼ町の数だけ番屋があるが、惨《むご》たらしい斬られた遺体などはそうしょっちゅうお目にかかるものではない。動揺し、怯えるのは当たり前である。

それから大海寺に足を向けることにしたが、すでに陽は大きく傾いている。

大海寺に行くのは二日ぶりである。一昨日が満月だったので、約束を守って座禅の修行に行った。今日の用事はもっと切迫している。

おそらく、「うんかい」という名前だけでも、大海寺の雲海の正体は知られてしまうだろう。あの変わった坊さんは、意外に多くの人に知られているらしい。とすれば、早ければ今日の夜にでもやつらは襲ってくるのではないか。本当に雲海の手に恵比寿の人形が渡っていればの話だが。

「文治親分」

と、竜之助は聖堂前の坂の手前で足を止めた。

「親分はやめてくださいよ」

「奉行所に行って、いままでのところを矢崎さんに報《しら》せてきてくれねえか。なんだか、坂道を転がるみたいに物事が進んでるんでな」

それでなくても、福川は報告が少ないと叱られることが多い。このままだと、なにか起きたことも報告しないうちから、斬り合いまで始めてしまうかもしれないのだ。

「わかりました。でも、旦那、一人になってしまいますが、大丈夫ですか？」

「大丈夫さ。いくらなんでも、そう簡単に雲海和尚の正体はわからねえって」

「そうですね。では、応援をつれてくるまで、斬り合いは我慢してくださいよ」

文治が踵《きびす》を返し、足早に去っていった。

竜之助は一人で坂を上って行く。

神田明神は右手にあり、露店もそちらに並んでいる。だが、陽が落ちかけてきたため、たたんでしまった店がほとんどである。

左手は学問所である。なまこ塀がつづき、中の裸木《はだかぎ》が道のほうにも枝を伸ばしている。枝は冷たい風に、鞭のようにしなっていた。

上りきったあたりである。

——ん？

前に立ちはだかった男がいた。

この前、会っている。海の上で、舟を漕《こ》いでいたほうである。熊と呼ばれていた。

「徳川竜之助さま」

「うむ」

「拙者が肥後新陰流の最後の相手となります」

「やめるわけにはいかねえのかい？」

「それも検討いたしました。だが、敗れ去った者たちのためにも、拙者が挑戦を中止するわけにはまいりませぬ。ぜひ、お手合せを」

決心は固い。充分、見て取れる。襷《たすき》を結び、鉢巻をしている。準備もできている。

「避けようがねえみたいだ」

竜之助はそう言って、静かに刀を抜いた。出るそばから刃が月あかりを受けて輝き、光を引き出したようである。

ここは急な坂である。荷車の往来も多く、轍《わだち》が縦に走っている。足元はかなり悪い。

竜之助は下にいる。敵は上である。いくらか敵が優位に見えるが、熊はゆっくり回り込み、坂のほぼ同じ高さのところに立った。同じ条件下で、竜之助の秘剣を見極めようというつもりなのだろう。

「戦うだけでは、おそらくこの剣の秘密はわからねえと思うよ」

「そうなのですか」

「葵新陰流とは言ったが、おいらが勝手に称した名でさ、新陰流としか教わっていねえんだよ。だが、この剣の名前はおいらがつけたんじゃねえ」

「たしか、風鳴の剣と？」

「そう。この剣は風を受けて鳴るのさ」

竜之助はそう言って、剣を胸の前に立て、刃が聞き耳を立てるように風の方向を探った。

北風が木立を揺すって音を鳴らしている。これで空が雲でおおわれていたら、みぞれがちらついてもいいくらいだが、冬空は晴れ渡っている。

ゆっくり刃をめぐらす。

そして、ある方向をとらえたとき、
ひゅうう、ひゅうう。

実際の北風とは違う、鋭く悲しげな音が響き始めたのである。

「剣に仕掛けがあるのですか」

と、熊が訊いた。

「仕掛けというほどのものではない。風をとらえると、刃の波紋とさらに刃に刻んだ葵の隠し紋が音を立てるのさ」

「笛でもあるまいし、そのようなことをして何になるのでしょうか？」

と、熊が丁重《ていちょう》に尋ねた。

「おいらも舟のことは詳しくは知らねえんだがさ、風に向かって帆を立てると、舟は後ろに押されるんじゃなくて、前に進むんだってな」

「ああ、そのことは知っております」

「この原理を使ったらしいぜ。剣がうまく風を受け、その角度で斬りこめば、風を使わないときより一寸ほど早く、相手に届くんだってさ。立ち合いのときの一寸が、どれくらい大事かはわかるよな」

と、竜之助は言った。

「ああ」

と、熊はうなずいた。

「それでわかりました。これまで立ち合った者がいずれも、先に動いたはずなのに、剣を振り抜いたときには敗れていた。それは人の力を超えた太刀筋の速さにあったわけですね」

「そういうことさ」

と、竜之助は言った。

これが風鳴の剣の秘密のすべてである。

ただし、風の力を利用するとは言っても、そう生易しいものではない。風の流れにそって刃を正しく走らせるその技を身につけるために、いったい幾度、剣を振ったことだろうか。どれだけのため息をついて、幾度、剣を投げ捨てたことだろうか。

「立ち合いをやめてもいいんだぜ。この原理を国に持って帰って、さらに研鑽《けんさん》してもらえばいい」

「そうはいきますまい」

「……」

肥後新陰流の遣い手は、最初の一人をのぞけば、みな、好人物だった。別の機会に知り合っていれば、好誼《こうぎ》を結ぶこともできたのではないか。

「秘密を教えていただき、ありがとうございました。だが、それはやはりまずかったのではないでしょうか」

「というと？」

「いま、風鳴の剣を破る秘策をめぐらしました」

「秘策を？」

「いきますぞ」

熊が、青眼に構えていた剣を右肩に引き寄せた。

「うむ」

「風の力を使うように、こちらの身体も前に運べばよいだけのこと」

と言った瞬間、熊が動いた。

さほど背は大きくないが、ずんぐりとした体型の熊が、急にふくれあがったように見えた。遠い北の大地に棲息するという巨大な羆《ひぐま》が、狩人の前に立ちはだかったようにも見えた。

しかもその羆は、岩をも断つほどの剛刀──それはうどんや桂馬の刀より明らかに太かった──を篠竹でも持つように軽く摑《つか》んで、振り下ろしてきた。刃は一瞬のうちにも、月を映し、雲を映し、この世のさまざまな光景を映しこみながら、下りてきていた。

竜之助はそのまま迎え撃った。

構えも、斬り込んでいく角度も、熊とほとんど同じだった。違うとしたら、竜之助の身体は熊のようにふくらんで見えたりはしないことだった。むしろ、渓流を泳ぐヤマメやイワナのような魚影を思わせたかもしれない。

剣は風を切り裂いていているはずなのに、むしろ引かれるような手ごたえを、指や腕が捉えている。この秘剣の不思議なところだった。この手ごたえがわかるようになったとき、秘剣が完成した。それを師匠に告げたとき、「よくぞ」と師匠は言ったものである。「よくぞ、この剣をものにしていただきました」と。

剣とともに、身体も走った。それは引かれるのではなく、剣を追い抜こうとするかのように疾駆《しっく》して行く。しかし、剣の速さには勝てない。

互いにただ一太刀が交差した。

ほどなく――。

熊の身体が大きく揺らぎ始めていた。

竜之助は残心の構えである。

「違うんだ、熊とやら。刃が早く届かなくちゃならねえ。それだと、逆にあんたが先に届いてしまうだろうさ」

竜之助がそう言ったとき、熊はまっすぐ後ろへ倒れた。

「お見事」

なまこ塀のところで声がした。

そこにいたのはわかっている。この前、立ち合った桂馬だった。幸い、死なずに済んだらしい。四人と立ち合ってみて、やはりこの桂馬と呼ばれた男がいちばん腕が立ったように思う。

いま、桂馬は刀を差していない。足元もこの前の立ち合いのときと比べると、覚束《おぼつか》ない感じはある。この勝負を見届けにきたのだろう。

「肥後新陰流、ことごとく葵新陰流の前に敗れ去りました」

と、桂馬は静かに言った。恨みも憎しみも感じられない、むしろ清々《すがすが》しさを感じさせる声だった。

「なあに、おいらもいい修行をさせてもらったよ。立派な腕前だった。運に恵まれなかったら、勝ちはそちらに回ったかもしれねえ」

と、竜之助は言った。本気である。勝負には必ず、運不運もつきまとうのだ。

「あんたが、仲間の菩提を弔ってやるんだろ」

「はい」

と、桂馬はうなずいた。

「それで、安心した」

並んだ剣客たちの墓を思い浮かべた。むしろ、ほかの墓より穏やかな佇《たたず》まいになりそうな気がした。

「徳川竜之助さま」

「なんだい」

竜之助はすでに大海寺に足を向けようとしている。

「さらなる武運をお祈りいたします」

と、桂馬は深く頭を下げた。

文治は焦っていた。胸騒ぎがしていた。

「早くしやがれい。このぼけなすの、不細工野郎」

と、相手が自分の下っ引きであったら、口汚くののしったことだろう。言えるわけがなかった。

相手は、南町奉行井上信濃守だった。

矢崎三五郎が見当たらなかったのである。奉行所の中にはいるはずだというのに、どこを探しても見つからない。厠《かわや》まで覗《のぞ》いたほどである。

仕方がないから、適当に中間や小者をつかまえて連れて行こうと思った。なにせ、あの狂気じみた侍が相手である。しかも、一人とは限らない。本当に薩摩屋敷あたりに野郎の仲間がうんとこさいやがって、そいつらを引き連れて来たらどうするのか。

剣をふるうところを見たことはないが、福川竜之助という旦那が相当にヤットーの腕が立つことはわかっている。秋口にあった神の鹿の騒ぎでは、三人の悪党をぶった斬ってしまった。だが、勝負というのは時の運だと聞いている。どんなに強くたって、油断することがあったらいけない。

ましてて、福川さまは若いのだ。真面目ではあるが、おっちょこちょいのところもあるし、人がよすぎるところもある。どんな罠に落ちないとも限らない。

――ええい。なんだって、あの旦那のことがこんなに心配なのか。

あの旦那にはそういうところがあるのだ。つい助けてあげたくなるところ。それは、瓦版屋のお佐紀もそう言っていた。子どもの面倒を見るときの気持ちになってしまうって。

もしも、あの旦那にそんなことを言おうものなら、さぞ、腹を立てるだろう。おいらは一人前の大人だぜって。

だが、叱られたってしょうがない。あの旦那にはそういうところがあるんだから。弟とか子どものように見えてしまうところが。

「じゃあ、頼むぜ。源三《げんぞう》さん。松太郎《まつたろう》」

知り合いの中間と、小者を呼び集めた。

「二人じゃ心もとねえな。あと二、三人いねえのかい」

「今日あたりはみな出払っているのは、おめえだって知ってるんだろ」

と、中間の源三が怒った。奉行所の中間と岡っ引きとでは、向こうのほうが格上である。

「だが、こっちだって斬り合いになるかもしれねえんだぜ」

苛々しながら、三人だけでも駆けつけるかと思ったときだった。

奉行の井上信濃守が、矢崎三五郎たち同心数人を引き連れ、笑い声など立てながらのんびりしたようすで外からもどってきたのである。

「や、矢崎さま。福川さまがいま、一人で……」

そう、矢崎に声をかけると、

「福川だと？　福川がどうかしたのか？」

と、奉行が直接、声をかけてきた。

「はい。じつは……」

奉行に問われて答えないわけにはいかない。できるだけはしょると、矢崎から、

「それじゃあ、よくわからねえぞ」

と言われ、結局、二度も同じ話をする羽目になった。

「なるほど。それでは、いまごろその大海寺というところに、薩摩の者たちが来

ているかもしれぬな。寺の境内で、他藩の者と斬り合いに……。それは寺社奉行や大目付までがかかわる大事になるやもしれぬ。わしも行ったほうがよいな」

そう言って、井上は矢崎らを引きつれ、もう一度、南町奉行所を出たのだった。ところが、そのお奉行の足の遅さに、苛々してきたというわけである。

「今日は一日中、歩き回ったので、足が棒のようじゃ」

などと言っている。奉行を置いていきたいところだが、そうもいかない。

――こういうときは、矢崎さんあたりが先に駆け出せばいいのに。

と、文治は矢崎のほうにも怒りを覚えはじめている。

ようやく、神田明神の前の坂にたどりつき、文治は奉行の尻を後ろから押してやりたい気持ちになっていた。

大きな月である。ほんのわずかに欠けているだけで、むしろそこにある種の風情を感じるという人もいる。完璧なものよりも、すこし欠けたもののほうがいいと。

雲はいくつかの群れにわかれながら、風で流されている。その白い流れは夜空ながらはっきりと見えていた。もっと風が強くなって、夜の闇まで吹き払うことがあるなら、雲の向こうの青さも浮かび上がるにちがいなかった。

大海寺の庭は月夜に白く浮かびあがり、さながら大海の前に座しているように思えた。寒さは厳しいが、本堂の縁側に背筋を伸ばして座るうち、竜之助はいつの間にか手足に温もりを感じ始めていた。

「うむ。よい心が見えておる」

と、後ろで雲海が偉そうに言った。

さっき、お浜が死んだことを伝えたときは、雲海和尚は身も世もないくらいに慟哭《どうこく》したものである。

その落胆ぶりはみっともないほどだったが、人間味を感じさせた。和尚の死ぬほど惚《ほ》れるというのは嘘ではないらしい。それは素晴らしいことではないか、と竜之助は思った。たとえ相手が悪女だろうが、なんだろうが。

「これが無常ってものさ」

雲海は最後に自分に言い聞かせるようにそう言い、

「今日も、修行をしていけ」

と、命じた。

「それよりも恵比寿の人形は？」

と、竜之助が訊いた。

「ああ、これだ、これ。これはお浜の形見だぞ。悪いが見せるだけで福川にあげるわけにはいかぬぞ」

と、本堂の釈迦如来像《しゃかにょらいぞう》の下から取りあげた。恵比寿さまとお釈迦さまをいっしょに拝んでもよいものなのか、竜之助は知らない。

「これですか」

手に取ると、何のことはない泥人形のような焼き物に色を塗っただけである。今戸焼《いまどや》きよりもっと粗悪なもので、鯛やちゃんちゃんこが派手な色に塗られている。鯛は金魚のようにも見える。

振ってみた。音はしない。

「このはらわたに何か隠してあったでしょう？」

「隠してあった？　いや、知らぬぞ」

雲海は首を横に振った。かわりに、狆海のほうが答えた。

「それはですね、もしかしたら上品そうな女の人が持っていったのかもしれません」

「上品そうな女の人？」

「はい。和尚さまを訪ねて来られたのですが、ちょうど出かけてまして。待っているあいだに、その恵比寿の人形に目を留めたのです」

「ほう。それで？」

「ひょいと手に取り、すぐに元にもどしました」

その手つきを真似ながら、狆海は言った。

「何か取ったかい？」

「いいえ。パッと取って、ひょいと置いただけです。ああ、だったら、持っていくなんてことはできるはずがないですよね。では、どうしたんだろう？」

狆海は首をかしげた。

「それですぐに帰ったんだね」

「はい。三河町のお寅という者だが、またうかがうかもしれないと」

「お寅……」

女スリではないか。

あの女が、上品そうな女の人に見えるのだろうか。だが、狆海の目は意外に鋭かったりする。

「そんなことはいい。ほら、禅を組むぞ」

和尚が急《せ》きたてるようにして、竜之助と狆海に座禅を組ませたのだった。

四半刻（三十分）と経ってはいなかっただろう。

ようやく無念と無想の境地が近づいたような気がしたときである。

目の前の庭にざざっと音があふれ、六人の男たちが姿を現した。一人は伊集院であり、一人は黒蔵である。ほかの四人も、いずれも雲海の説法が必要だろうという顔をしている。もちろん、雲海の説法ではおとなしくなりそうもない。

「やっぱり木っ端役人もいっしょか」

と、伊集院が言った。

「座禅を組んでいたのさ。おめえらもいっしょにどうでえ？」

竜之助が巻き舌に気をつけながら言った。

「それより早く恵比寿の人形を出しな。巾着長屋のお浜って女から預かってるだろ」

と、黒蔵が言い、さらに、

「あの絵図面は、おめえらがおったまげるほどの値がつくんだからさ」

そう付け足した。

すると、伊集院の顔が歪《ゆが》んだかと思うと、黒蔵の背を抜き打ちに斬ったのである。

「げっ」

黒蔵は何が起きたかわからないといった顔で倒れこんだ。これには、まわりにいた四人の武士も驚いたようだった。

「こいつはこの先も余計なことを言いそうでな」

と、伊集院は嬉しそうに言った。

「ひでえことをするなあ。おめえ、これで何人、斬ったよ」

と、竜之助は心底呆れて言った。この男は、人には命というものがあるのだということを、おそらくわかっていないのだとしか思えなかった。

「わしは斬った者を数えないようにしているのだ。数え切れなくなるのでな」

と、伊集院は自慢げに言った。

竜之助は立ち上がり、ゆっくり本堂から下の庭に降りた。

雲海が、

「福川……」

とだけ言った。声はひどくかすれている。

できるだけ本堂から遠ざかった。小さな修行者に、血なまぐさい光景は見せたくない。

「ここらでいいか」

竜之助は立ち止まった。その先は墓場である。

周囲を囲まれている。

「では、あまり無駄な時はかけずに行こうか」

そう言って刀を抜き、峰を返した。

「こやつ、峰を」

馬鹿にされたように、一人が言った。

「わしらは手加減せぬぞ」

別の男が言った。

「構わねえよ」

白い庭を、不思議な獣の舞のように、竜之助が動いた。刀と刀がぶつかるはずなのに、剣戟《けんげき》の音がしなかった。それもそのはずだろう。相手の剣がはっきりと見えていた。水車がゆるゆると回転するように見えていた。竜之助の目にはなんとものどかな剣だった。鞘走《さやばし》ったときからこちらに向けて斬りかかってくるところまで見つめ、楽にそれをかわすことができた。剣を合わせる必要も意味もないのだった。

「きさまっ」

「ほらよ」

「やゃっ」

「ここだぜ」

剣戟の音はないが肉と骨を打つ音がし、そのあとに一人ずつ、気を失って白い地べたへと転がっていった。

四人が横たわるまで何ほどの時もいらなかった。

伊集院だけは刀を抜かず、不機嫌そうに竜之助らの動きを見ていた。

「ちっ。情けないやつらだ」

と、倒れている仲間の腹のあたりを強く蹴《け》った。

「おめえだけは許さねえぞ」

と、竜之助が言った。

「面白い。雷電流《らいでんりゅう》抜刀術うけてみるか、木っ端役人」

と、伊集院は嬉しげに言った。

「じゃあ、おいらも刃はこっちを向けるぜ」

刀をくるりと回した。

それから斜めに抱きかかえるようにすると、ゆっくり刃に風の音を聞かせるようにした。

「へえ。夜になったら変わった風が吹き出したぜ」

切っ先が下がっていく。斜めに下げた剣が、
ひゅうう、ひゅうう。

と、実際の風とは違う悲しげな呻《うめ》きをあげはじめた。

「ほおら、剣が鳴き出しただろ。こんなに低いところで。今宵《こよい》は、地を這《は》うようなつむじ風だ」

月の光が、竜之助の剣の刃に当たった。

葵の隠し紋が、伊集院の広い額に映った。当人はわからない。だが、紋は見えている。

「それは隠し紋か。なんだ、それは？　葵の紋ではないか」

伊集院の目が丸くなった。

「そうだよ」

「きさま、何者だ？」

「八丁堀同心、徳川竜之助」

小さな声で言った。この声は、本堂の縁側にいる雲海や狆海には届かない。

「ふざけるな」

伊集院はずずっと身を寄せてきた。

剣の鳴く音が大きく、ますます悲しげに響きだしていた。

「てやっ」

「たっ」

伊集院がまだ抜き終わる前に、竜之助の下からの剣が、腕から首へと通り抜けていた。

そのとき――。

「福川さま。遅くなりました」

文治の声が最初に、それから矢崎三五郎や小者たち、そして最後に南町奉行井上信濃守が駆け込んできた。

井上信濃守は新任以来、半月ほど経つが、直接、言葉をかわすのは初めてだった。見習い同心あたりといちいち話をかわす暇もないのだろう。向き合うと、小栗が言った言葉がすぐによみがえった。「井上さんは顔がまずい」と。だが、剛直そうな中にも、腕白坊主の面影を残したような、なかなかいい顔に見えた。

「そちが福川か」

井上はなかなか息切れがおさまらないようだったが、二、三度、深呼吸をしてから言った。

「はい」

「聞いてはいたが、見事な腕よのう」

井上は倒れている五人を眺め渡し、いくぶん呆れたように言った。

「恐れ入ります。町人も手にかけた男はどうにも許しがたく、斬り捨ててしまいました。勝手なふるまい、申し訳ありません」

「うむ。そなたの性格は聞いておる。よくよくの奴だったのだろう。して、全貌は明らかになったのだな？」

井上は道すがら、文治から詳しい経過を聞いてきたのだろう。

「いえ。それが」

「まだ、わからぬことがあるのか？」

「恵比寿の人形に隠されていたものが何だったのか。まだ、わかっておりませぬ。ただ、持ち去った者はわかっておりますので、まもなく明らかになるかと」

「持ち去った者とは？」

「女スリで、さびぬきのお寅という者です」

「なに、さびぬきのお寅……」

井上信濃守の顔に、激しい動揺の気配が走ったのは、月明かりゆえの錯覚だったのか。

井上はすぐにこう言ったのである。

「福川。それはもうよい。そんなものはお寅にくれてやれ。おそらく捨てるなり、焼くなり、適当に始末してくれるわ」

お寅は、巾着長屋の家で火鉢の前に座り、煙草をうまそうに吹かした。

目の前に広げた紙は、まさに江戸城本丸の絵図面だった。幕府の政治の中枢ともいうべき表から、将軍が日常を過ごす中奥、さらには男子禁制の一画として知られる大奥にいたるまで、間取りから廊下まで詳しく書き込まれてあった。

「こんなものが出回るようでは、いよいよあそこも終わりが近いんだね」

お寅はそう言って、その紙をくしゃくしゃに丸め、炭の中に突っ込んだ。

伊集院が千両と言っていた紙は、たちまち燃え上がって灰と化した。

「これでいいや」

お寅は、あのお浜を斬った武士たちが大海寺に入っていくのを見ていた。中には同心が一人しかいないので心配だったが、墓場のほうからまわって斬り合いをのぞくと、なんなく片づけてしまったのだ。同心は若いのに、恐ろしいほどの腕前だった。

あれで、お浜と金二の仇もとってくれたのである。

あの不気味な侍が欲しがっていたものを先に入手し、餌《えさ》に使って仇を討とうと思ったのだが、お浜もあたしなんかより若くていい男がやってくれて喜んでいるかもしれない。

そのあとすぐに、奉行所の連中が駆けつけてきたので、あとは尻に帆をかけるように逃げ出してきた。

――それにしても、あの同心……。

なんだか妙な気持ちがする。なぜかふいに、小さな男の子が腕の中で動いた感触が、頭をよぎった。

――まさかねえ。

お寅はいかにもスリの親分めいた凄味のある笑いを浮かべ、煙草のけむりを宙に向かって、真夏の入道雲のように吐き出したのだった。

この作品は２００８年２月に小社より
刊行された作品の新装版です。

双葉文庫

か-29-37

若《わか》さま同心《どうしん》　徳川竜之助《とくがわりゅうのすけ》【二】

風鳴《ふうめい》の剣《けん》〈新装版《しんそうばん》〉

2021年1月17日　第1刷発行

【著者】

風野真知雄《かぜのまちお》

【発行者】

箕浦克史

【発行所】

株式会社双葉社

〒162-8540 東京都新宿区東五軒町3番28号

［電話］03-5261-4818(営業)　03-5261-4833(編集)

www.futabasha.co.jp(双葉社の書籍・コミックが買えます)

【印刷所】

中央精版印刷株式会社

【製本所】

中央精版印刷株式会社

【フォーマット・デザイン】

日下潤一

ISBN978-4-575-67036-3 C0193
Printed in Japan

風野真知雄

新・若さま同心　徳川竜之助　長編時代小説

象印《ぞうじるし》の夜

〈書き下ろし〉

辻斬りが横行する江戸の町に次から次へと起きる怪事件。南町の定町回り同心がフグ中毒で壊滅状態のなか、見習い同心竜之助が奔走する。

風野真知雄

新・若さま同心　徳川竜之助　長編時代小説

化物の村

〈書き下ろし〉

浅草寺裏のお化け屋敷〈浅草地獄村〉が連日の大賑わい。そんな折り、屋敷内で人殺しが起きたのを皮切りに、不可思議な事件が続発する。

風野真知雄

新・若さま同心　徳川竜之助　長編時代小説

薄毛の秋

〈書き下ろし〉

熟睡中の芸者が頭を丸刈りにされるわ、町中の洗濯物が物干しから盗まれるわ——江戸で頻発する奇妙な事件に見習い同心・竜之助が挑む！

風野真知雄

新・若さま同心　徳川竜之助　長編時代小説

南蛮の罠

〈書き下ろし〉

蒸気の力で大店や大名屋敷の蔵をこじ開ける大胆不敵な怪盗・南蛮小僧が江戸の町に現れた。竜之助が考えた南蛮小僧召し取りの奇策とは？

風野真知雄

新・若さま同心　徳川竜之助　長編時代小説

薄闇の唄

〈書き下ろし〉

唄い踊りながら人を斬る「舞踏流」という奇妙な剣を遣う剣士が、見習い同心の徳川竜之助に襲いかかる！　好評シリーズ第五弾。

風野真知雄

新・若さま同心　徳川竜之助　長編時代小説

乳児の星

〈書き下ろし〉

日本橋界隈で赤ん坊のかどわかしが相次いだ。事件の裏にある企みに気づいた竜之助は……。大好評「新・若さま同心」シリーズ第六弾。

風野真知雄

新・若さま同心　徳川竜之助　長編時代小説

大鯨の怪

〈書き下ろし〉

漁師たちが仕留めたクジラが、一晩で魚河岸から消えた。あんな大きなものを、誰がどうやって盗んだのか？　大人気シリーズ第七弾！

風野真知雄

新・若さま同心　徳川竜之助　長編時代小説

幽霊の春

〈書き下ろし〉

町内のあちこちで季節外れの幽霊が出た。さらに、奇妙な殺しまで起きて……。大好評「新・若さま同心」シリーズ、堂々の最終巻！

風野真知雄

わるじい秘剣帖（一）　長編時代小説

じいじだよ

〈書き下ろし〉

元目付の愛坂桃太郎は、不肖の息子が芸者につくらせた外孫・桃子と偶然出会い、その可愛さにめろめろに。待望の新シリーズ始動！

風野真知雄

わるじい秘剣帖（二）　長編時代小説

ねんねしな

〈書き下ろし〉

孫の桃子と母親の珠子が住む長屋に越してきた愛坂桃太郎。いよいよ孫の可愛さにでれでれの毎日だが、またもや奇妙な事件が起こり……。

風野真知雄

わるじい秘剣帖（三）　長編時代小説

しっこかい

〈書き下ろし〉

「越後屋」への嫌がらせの解決に協力することになった愛坂桃太郎は、今日も孫を背中におぶり事件の謎解きに奔走する。シリーズ第三弾！

風野真知雄

わるじい秘剣帖（四）　長編時代小説

ないないば

〈書き下ろし〉

「越後屋」に脅迫状が届く。差出人はこれまでの嫌がらせの張本人で、店前で殺された男とも深い関係だったようだ。人気シリーズ第四弾！

風野真知雄

わるじい秘剣帖（五）　長編時代小説

なかないで

〈書き下ろし〉

桃子との関係が叔父の森田利八郎にばれてしまった愛坂桃太郎。事態を危惧した桃太郎は一計を案じ、利八郎を何とか丸めこもうとする。

風野真知雄

わるじい秘剣帖（六）　長編時代小説

おったまげ

〈書き下ろし〉

越後屋への数々の嫌がらせを終わらせることに成功した愛坂桃太郎だが、今度は桃子の母親・珠子に危難が迫る。大人気シリーズ第六弾！

風野真知雄　わるじい秘剣帖（七）　長編時代小説
やっこらせ　〈書き下ろし〉

「かわうそ長屋」に犬連れの家族が引っ越してきたが、なぜか犬の方が人間よりいいものを食べている。どうしてそんなことを……？

風野真知雄　わるじい秘剣帖（八）　長編時代小説
あっぷっぷ　〈書き下ろし〉

孫の桃子との「あっぷっぷ遊び」に夢中になる愛坂桃太郎。しかし、そんな他愛もない遊びが思わぬ危難を招いてしまう。シリーズ第八弾！

風野真知雄　わるじい秘剣帖（九）　長編時代小説
いつのまに　〈書き下ろし〉

珠子の知り合いの元芸者が長屋に越してきた。いまは「あまのじゃく」という飲み屋の女将で常連客も一風変わった人ばかりなのだ。

風野真知雄　わるじい秘剣帖（十）　長編時代小説
またあうよ　〈書き下ろし〉

「最後に珠子の唄を聴きたい」という岡崎玄蕃の願いを受け入れ、屋敷に入った珠子と桃太郎だが、思わぬ事態が起こる。シリーズ最終巻！

風野真知雄　わるじい慈剣帖（一）　長編時代小説
いまいくぞ　〈書き下ろし〉

あの大人気シリーズが帰ってきた！　目付に復帰したのも束の間、孫の桃子が気になって仕方がない愛坂桃太郎は江戸への帰還を目論むが。

風野真知雄　わるじい慈剣帖（二）　長編時代小説
これなあに　〈書き下ろし〉

孫の桃子を追って八丁堀の長屋に越してきた愛坂桃太郎。大家である蕎麦屋の主に妙に気に入られ、次々と難珍事件が持ち込まれる。

風野真知雄　わるじい慈剣帖（三）　長編時代小説
こわいぞお　〈書き下ろし〉

川沿いの柳の下に夜な夜な立つ女の幽霊。桃子の夜泣きはこいつのせいか？　愛坂桃太郎は、可愛い孫の安寧のため、調べを開始する。

風野真知雄

わるじい慈剣帖（四）
ばあばです

長編時代小説
〈書き下ろし〉

長屋の二階から忽然と消えたエレキテル。没収しようと押しかけた北町奉行所の捕り方たちも目を白黒させるなか、桃太郎の謎解きが光る。

風野真知雄

若さま同心 徳川竜之助【一】
消えた十手

長編時代小説

徳川家の異端児 同心になって江戸を駆ける！剣戟あり、人情あり、ユーモアもたっぷりの傑作時代小説シリーズ、装いも新たに登場!!

金子成人

ごんげん長屋つれづれ帖【一】
かみなりお勝

長編時代小説
〈書き下ろし〉

根津権現門前町の裏店を舞台に、長屋の人情や親子の情をたっぷり描く、くすりと笑えてほろりと泣ける傑作人情シリーズ、注目の第一弾！

坂岡真

照れ降れ長屋風聞帖【九】
雪見舟

長編時代小説

一本気な美剣士、天童虎之介と交誼を結んだ浅間三左衛門は会津藩の命運を左右する巨悪に共に立ち向かう。やがて涙の大一番を迎え――！

坂岡真

照れ降れ長屋風聞帖【十】
散り牡丹《ぼたん》

長編時代小説

兇状持ちを追う隠密の雪乃は、浪人どもに絡まれたお忍び中の殿様を助け、一目惚れされる。探索のため殿様に近づく雪乃だったが――。

坂岡真

はぐれ又兵衛例繰控《れいくりびかえ》【一】
駆込み女

長編時代小説
〈書き下ろし〉

南町の内勤与力、天下無双の影裁き！「はぐれ」と呼ばれる例繰方与力が頼れる相棒と悪党退治に乗りだす。令和最強の新シリーズ開幕！

坂岡真

はぐれ又兵衛例繰控《れいくりびかえ》【二】
鯖断《さばだ》ち

長編時代小説
〈書き下ろし〉

長元坊に老婆殺しの疑いが掛かった。南町の協力を得られぬなか、窮地の友を救うべく奔走する又兵衛のまえに、大きな壁が立ちはだかる。